AF310613

JOSEPH GARIBALDI.

EXTRAITS D'UN OUVRAGE INÉDIT (*).

I

« Toujours le premier à affronter les dangers, il se retire le dernier du combat, capitaine et soldat tout à la fois ; et l'on ne sait qu'admirer le plus en lui, de son audace ou de son intelligence et de son expérience de la guerre. » (1)

Ainsi s'exprime M. Joseph Ricciardi dans une excellente étude sur l'homme extraordinaire dont nous allons à grands traits esquisser la carrière.

Joseph Garibaldi est né à Nice le 4 juillet 1807, de parens qui ont toujours habité le port et dont plusieurs y demeurent encore. Sa famille, qui n'a cessé de jouir de l'estime publique, a successivement fourni d'excellens marins à la Sardaigne. Destiné d'abord à la

(*) La reproduction et la traduction sont formellement interdites.

(1) J. Ricciardi, La Terre Promise. 22 janvier 1859.

marine marchande, Joseph passa les premières années de son enfance parmi des matelots et des pêcheurs. Francklin a dit que la liberté dont l'avait de bonne heure laissé jouir sa mère lui avait valu une expérience anticipée du monde, et qu'il lui devait en grande partie les succès dont sa vie fut pleine ; Garibaldi doit à une liberté pareille cette énergie physique et cette puissance morale qui l'ont toujours si éminemment distingué. Il ne lui doit pas moins l'amour de l'indépendance, le penchant invincible aux aventures hardies, et cette admiration de la mer, symbole de l'affranchissement, pour laquelle il éprouve une véritable passion.

Un sentiment tout aussi vif, et qui explique bien des actes de sa vie, est la propension de notre héros à prendre le parti des plus faibles contre les plus forts, quand la justice, ce qui manque rarement, est du côté des faibles. Cette passion d'équité, attribut des natures d'élite, Garibaldi l'a ressentie dès ses plus jeunes ans. « Un de ses professeurs de mathématiques, M. Arena, actuellement à Nice, parle encore avec émotion des qualités de son ancien élève. » (2)

Quand il fut en âge de commencer ses études, Joseph montra une aptitude générale pour les diverses branches du savoir humain ; mais il excellait surtout dans la géométrie et dans

(2) Anatole de La Forge : Garibaldi, Siècle du 27 mai 1859.

l'algèbre, et cette application constante à des sciences aussi positives, d'une organisation qui fut d'abord impétueuse, est un contraste qui mérite d'être remarqué.

Mais aussitôt que le travail devait forcément être suspendu, la nature reprenait tous ses droits. Une activité fiévreuse tourmentait l'enfant, et on le voyait errer le long de la plage, ne s'arrêtant que pour contempler avec délices un orage qui s'amoncelait au loin pour éclater enfin avec fracas. Si ces souvenirs sont présens à la pensée de l'homme qui est à l'heure actuelle l'une des plus fermes espérances de l'Italie, quel sujet de rapprochement !

Dès l'âge de treize ans Garibaldi donna le premier exemple de son intrépidité. Quelques-uns de ses camarades naviguaient dans un bateau de plaisir entre Nice et Villefranche ; ils furent surpris par une rafale, et en danger de perdre la vie : Joseph, bravant tous les périls, nagea à leur rencontre et les sauva.

Les années qui suivirent, Garibaldi les passa en voyages mercantiles dans le Levant et la mer Noire. Des intérêts commerciaux lui firent visiter également divers ports de mer de l'Italie. Une fois, pendant que son vaisseau était en charge à Civita-Vecchia, le jeune marin obtint la permission de visiter Rome. A partir de ce moment, sa vraie vocation fut décidée.

« La vue de la cité éternelle, les monumens de la gloire passée, et l'évidence de son abaissement actuel, laissèrent dans son cœur une

impression indélébile qui, jointe à ses fréquens rapports avec la Grèce — alors dans toute la ferveur de la chère liberté reconquise — décida la pente de ses principes. Ses lettres et ses rudes fragmens de poésies, écrits vers cette époque, montrent le feu d'une passion pour la liberté nationale, à laquelle, quelle que puisse être ou avoir été l'exagération de ses vues, les pires détracteurs de Garibaldi ne peuvent lui dénier le mérite d'être resté fidèle avec autant de fermeté que de désintéressement. » (3)

Néanmoins, jusqu'à l'âge de vingt-six ans, les sentimens politiques de Garibaldi n'exercèrent aucune influence sur sa fortune. Continuant paisiblement la profession qu'il avait embrassée, il jouissait de la meilleure réputation, sous le double rapport de la science nautique et des connaissances commerciales, deux qualités indispensables, pour l'Italie, à tout capitaine de vaisseau marchand. Dans le cours de l'un de ses voyages, Garibaldi tomba dangereusement malade à Constantinople. Il fut fraternellement reçu et attentivement soigné dans la famille d'un exilé italien. Dès son retour à la santé, ne voulant pas abuser des maigres ressources de son ami, il entreprit d'enseigner le français et l'italien. Non seulement le produit de ses leçons lui permit de rembourser les frais de sa longue maladie, il

(3) Chambers's Journal, novembre 1856 : Garibaldi, first article.

fournit de plus à son entretien, jusqu'au moment où le professeur improvisé reprit son emploi primitif.

Maintenant nous allons voir s'opérer un grand changement dans la carrière de notre héros.

II.

Lorsque les ordonnances de Charles X, violatrices de la charte française, arrivèrent à Turin, il y eut jubilation dans le camp de la noblesse et du clergé piémontais. Les frères de ces réactionnaires écrivirent à M. de Polignac une lettre de congratulation sur le parjure qui venait de s'accomplir. Malheureusement pour eux, quand leur lettre arriva, Charles X s'acheminait vers l'exil et M. de Polignac était en prison. Cette chute si prompte surprit les partisans de l'Autriche, mais elle ne les découragea point.

Cependant une conjuration s'ourdissait Piémont, dans laquelle entraient beaucoup d'hommes considérables et plusieurs officiers de l'armée. Les conjurés publièrent une supplique directe au roi, qui fit sur le pays une impression profonde. On y peignait en termes chauds et courageux les maux de l'État ; on réclamait des ordonnances libérales et des lois dignes du temps ; on se déclarait ouvertement en faveur du prince de Carignan, que l'on savait ennemi de l'Autriche. La découverte de la conspiration fit incarcérer Brofferio, Bersani, Balestra et plusieurs officiers, parmi lesquels le sous-lieutenant Ribotti. Jacques Durando et le médecin Anfossi échappèrent à la prison par la fuite. Un procès sévère fut commencé, mais il n'était pas instruit, que le roi, gravement malade depuis longtemps, tomba à toute extrémité. Le 27 avril 1831, un même édit annonçait la mort de Charles-Félix et l'avénement de Charles-Albert.

Le nouveau souverain fut loin de réaliser les espérances que l'héritier du trône avait fait concevoir. Si les accusés de la dernière conspiration furent mis en liberté, les condamnés de 1821 restèrent en prison ou dans l'exil : exemple éclatant de l'ingratitude humaine, si l'on songe que le complot avait été dirigé par celui-là même qui refusait de se montrer clément. Il y eut création d'un conseil d'Etat, mais la nomination des conseillers, la discussion des matières restèrent à la volonté du roi. Le vote de l'assemblée fut purement consultatif, et sur les relations avec les autres Etats ou les choses touchant à l'armée, on ne demandait même pas son avis.

Il serait injuste pourtant de ne pas reconnaître que quelques mesures excellentes inaugurèrent le règne de Charles-Albert. Le portefeuille de la justice fut confié au comte Barbaroux, homme aussi docte que vertueux. Cette nomination eut de féconds résultats. La confiscation, les supplices barbares de la roue et des tenailles ardentes n'étaient plus pratiqués, mais ils restaient écrits dans la loi : on les abolit. Une ordonnance défendit qu'en aucun cas on insultât aux cadavres des condamnés. Des peines trop sévères furent mitigées, et une commission eut mandat de préparer un nouveau code, digne d'un peuple civilisé.

Pendant que le garde des sceaux procédait à ces utiles réformes, le ministre de la guerre, M. Villamarina, obtenait du roi l'augmentation de l'armée et des changemens importans dans diverses parties du système militaire. L'effet des modifications ne se fit pas immédiatement sentir, mais on leur doit en grande partie une organisation qui depuis a fait l'admiration de toute l'Europe.

Autant les hommes de progrès saluaient ces innovations avec bonheur, autant le parti autrichien en murmurait. Une espérance pourtant leur restait. Le roi se montrait parfois irrésolu et il était fort enclin aux pratiques religieuses. Avec un peu d'adresse et beaucoup de mauvaise foi, on devait finir par le dominer. C'est ce qui eut lieu. Prêtres et moines eurent leurs entrées au palais, et les jésuites obtinrent de Charles-Albert ce que Charles-Félix leur avait toujours refusé. Non seulement on leur accordait l'enseignement public, mais on leur donna la belle église des Saints-Martyrs (4), où, pour la première fois, Turin

(4) Maintenant, la seule désignation de cette église est » Eglise des Jésuites. »

vit célébrer avec une pompe et une splendeur extraordinaires la fête de saint Ignace. Ce ne furent pas les seuls actes qui froissèrent les justes susceptibilités du pays : beaucoup d'autres du même genre vinrent successivement s'y ajouter. Quand le parti clérical eut acquis une conscience suffisante de sa force et que les santéfistes ne jugèrent plus rien au dessus de leurs efforts, les deux factions s'entendirent pour frapper le dernier coup. Ils rendirent le roi dévoué au pape, soumis à l'Autriche, et ennemi des libéraux.

Ce triomphe multiple de la réaction eut en Europe l'effet qu'on devait attendre. Il réveilla les haines des potentats contre un peuple qui depuis longtemps troublait leur quiétude. Ne doutant pas du succès d'une seconde coalition, la Sainte-Alliance, dans un congrès tenu, 1833, à Munchen-Graetz, en Bohème, renouvela le pacte liberticide. La Russie, l'Autriche et la Prusse menaçaient la France, et l'Autriche en particulier parlait de son intervention possible dans les Etats confinant avec la France.

Le gouvernement français ne se troubla nullement de ces hostilités. Il déclara avec résolution qu'il ne souffrirait point que des armées étrangères entrassent en Suisse, en Belgique ou en Piémont. Les agens accrédités près des cours furent chargés de tenir dans ce sens le plus ferme langage, et aucun ne manqua à son devoir. Le 20 novembre 1833, le comte de Saint-Aulaire, notre ambassadeur à Vienne, mandait au duc de Broglie, ministre des affaires étrangères, que, dans une conférence assez vive, il avait dit au prince de Metternich : « Je n'ai certes nulle mission pour vous » faire une déclaration de guerre éventuelle; » mais si vous avez la moindre confiance dans » l'intelligence des affaires de mon pays, tenez » pour certain, sur ma parole, qu'un corps » de troupes autrichiennes en Piémont y ren- » contrerait bientôt une armée française. »

Pour avoir attendu un quart de siècle, l'Autriche n'en a pas moins franchi le Tessin, mais elle a « rencontré l'armée française. »

Il y a seulement cette différence qu'en 1859 le Piémont nous avait appelé, tandis qu'il nous repoussait en 1833. Charles-Albert, cédant aux suggestions funestes des conseillers qui l'entouraient, ne cacha point le déplaisir que lui causait l'appui de la France. Le baron de Barante écrivait, le 6 décembre 1833, au duc de Broglie : « Je m'apercevais que l'espèce » de déclaration faite par V. E. au chargé » d'affaires d'Autriche, relativement à toute » intervention en Belgique, en Suisse et en » Piémont, causait quelques soucis au comte » de la Tour. Il en avait parlé au ministre » d'Angleterre; il était une ou deux fois re- » venu là-dessus avec moi. Enfin, l'autre jour, » il m'a rappelé que de telle paroles exigeaient » une réponse catégorique, et que cette ré- » ponse était : Le roi de Sardaigne regardera » comme un acte d'hostilité l'entrée dans ses » Etats de tout corps de troupes qu'il n'aurait » pas appelé. »

Le comte de la Tour n'était pas le seul ministre partisan de l'Autriche. Le ministre de la police, La Scarena, tout puissant sur l'esprit du roi, et le ministre des finances, Pralormo, étaient tous deux également dévoués au cabinet de Vienne. Le comte Bombelles, ministre autrichien, dominait à la cour; bientôt un prélat romain, stipendié de l'Autriche, vint encore augmenter sa puissance. Tibère Pacca avait dirigé la police de Rome après 1815; il s'était rendu fameux par des méchancetés de gendarme; Pie VII l'avait fait incarcérer pour des crimes infames (5), et le cardinal Gonzalvi n'avait vu d'autre moyen d'éviter le scandale du jugement et de la condamnation qu'en la vorisant sa fuite. Eh bien ! cet homme, aux antécédens si déplorables, fut à peine arrivé à Turin, qu'il devint le factotum de la cour.

Il était impossible que le pays restât insensible à tant d'outrages. Une nouvelle conspiration se forma, et Garibaldi y prit part. Nous allons en exposer les phases et dire ce qu'il advint à notre héros.

Pour extrait : MANCIN.

(La suite au prochain numéro.)

(5) Giuseppe La Farina, *Storia d'Italia del 1815 al 1850*, vol. 2, p. 193.

PARTIE LITTÉRAIRE

DU PHARE DE LA LOIRE DU 15 JUIN

JOSEPH GARIBALDI.

(EXTRAITS D'UN OUVRAGE INÉDIT *).

III

Joseph Mazzini, né à Gênes dans l'année 1808, avait fondé, en 1828, un journal littéraire intitulé l'*Indicatore Genovese*: la police le supprima. Il alla alors à Livourne et écrivit l'*Indicatore Livornese*, autre journal qui eut le même sort. Mazzini retourna à Gênes, fut incarcéré, en 1830, pour ses opinions libérales, resta six mois dans la forteresse de Savone, puis fut chassé de l'État. Il se retira à Marseille. Là, il fonda l'association de la Jeune Italie (Giovine Italia), et un journal portant le même titre, auquel succéda plus tard l'*Apostolato Popolare*.

« Le Carbonarisme, issu de la Maçonnerie, créa la Jeune Italie, laquelle héritait des francs-maçons les doctrines humanitaires, des carbonari, les désirs d'unité et d'indépendance nationale. Vraiment on ne sait qu'admirer le plus de l'ignorance ou de la mauvaise foi de ceux qui affirment que l'unification de la patrie a été un rêve de la Jeune Italie. Est-il donc nécessaire de rappeler aux Italiens que les puissans génies de Dante, Pétrarque, Machia-vel et Alfieri ; que les esprits pratiques de Luitprand, Hardouin, Frédéric II, Manfred, Rodolphe, Henri VII et Napoléon, pour faire beaucoup d'autres hommes non moins illustres, espérèrent et crurent utile et possible l'unité de l'Italie ? L'unité italienne formait la base du projet de constitution que les conjurés italiens proposèrent à Napoléon Bonaparte, pendant qu'il était à l'île d'Elbe, et que lui, ni poète ni rêveur, agréait et approuvait. On lisait dans ce projet : « Le territoire de l'empire » romain sera formé de tout le continent de l'I-» talie. » Et ailleurs : « Le souverain prendra le » titre d'empereur des Romains et roi d'Italie, » par la volonté du peuple et par la grâce de » Dieu (art. III et V.) » L'élection du sénat et de la chambre des représentans du peuple était établie par nombre d'habitans, et non par individualité d'États ou de provinces ; et l'on disait seulement que les assemblées législatives se tiendraient chaque trois années à Rome, chaque trois années à Milan et chaque trois années Naples, et qu'il serait établi quatre vice-rois dans les quatre cités les plus populeuses d'Italie, Rome exceptée comme siège de l'empire (art. XIII, XIV, XLVII, LIII.)

» L'unité italienne était ainsi exprimée dans le pacte constitutionnel de l'Ausonie, auquel souscrivaient après 1815 les grands élus de la Charbonnerie : « Art. 1er L'Ausonie se com-» pose de toute la péninsule italienne. Tous les » anciens États vénitiens seront compris dans » l'Ausonie jusqu'aux bouches du Cattaro. Tou-» te les îles de l'Adriatique et de la Méditerra-» née, situées à moins de cent milles des côtes » de cette nouvelle république, feront partie de » son territoire. »

» La Jeune Italie, relativement à l'unité nationale, ne faisait que continuer une doctrine théoriquement démontrée par les plus grands écrivains de l'Italie, et qu'auraient voulu mettre en pratique ses princes les plus magnanimes ; une doctrine qu'avaient propagée toutes les sociétés secrètes de la Péninsule, et qui fut le but final de toutes ses conjurations de 1795 à 1831. La Jeune Italie héritait du Carbonarisme la prédilection pour les régimes républicains ; je dis prédilection, parce que la nouvelle association ne prit point la république comme but, mais comme un moyen plus facile pour assurer l'indépendance et l'unité nationale ; elle posait si peu la république comme but, qu'elle était disposée à acclamer même un prince, autant que celui-ci aurait en la volonté et le pouvoir de délivrer et d'unifier la patrie. La Jeune Italie héritait encore du Carbonarisme l'horreur du sang, proposition qui paraîtra étrange à quiconque se rappelle les sanglantes vengeances des carbonari dans le royaume de Naples et dans les États du pape ; mais nul besoin n'est de croire doctrines de la Charbonnerie les moyens désespérés et violens adoptés dans ces deux provinces comme unique frein possible à une tyrannie atroce et couarde. La Charbonnerie aspirait à l'abolition de la peine de mort, comme le prouvent en divers lieux le pacte constitutionnel de l'Ausonie.

« Dire que les hommes de la Jeune Italie étaient les continuateurs des Jacobins, c'est montrer qu'on ne connait ni ceux-ci ni ceux-là. Pour savoir ce que désiraient ardemment les Jacobins, lisez l'*Histoire de la conspiration pour l'égalité* écrite par Philippe Buonarroti, qui fut ami de Robespierre et compagnon de Babeuf ; vous vous convaincrez qu'entre les deux écoles, il y a un abime. En religion, le Jacobinisme n'admettait aucune révélation ni aucun culte ; la Jeune Italie était chrétienne. Dans l'ordre social, le Jacobinisme voulait la communauté des biens (1) ; la Jeune Italie, le maintien de la propriété. En politique, le jacobinisme proclamait le principe : les minorités ont le droit de forcer les majorités à être libres ; la Jeune Italie invoquait le suffrage universel. Dans les choses administratives, le Jacobinisme voulait la centralisation absolue ; la Jeune Italie, la liberté absolue des municipes. Dieu et le Peuple, liberté, égalité, humanité, indépendance, unité, étaient les paroles qui comprenaient toutes les doctrines de la Jeune Italie, association plus mystique qu'incrédule, et tendant à réduire l'Italie en un état démocratique et indépendant. » (2)

La presse avait publié une longue lettre de Joseph Mazzini au roi Charles-Albert. Le fondateur de la Jeune Italie lui écrivait : « Toute » l'Italie n'attend qu'une parole de vous, une » seule parole, pour la faire nôtre. Pronon-» cez-la cette parole ! Placez-vous à la tête de » la nation, et écrivez sur votre bannière : » Union, liberté, indépendance. Proclamez » la liberté de pensée. Déclarez-vous vengeur, » interprète des droits populaires, régénéra-» teur de toute l'Italie. Délivrez-la des bar-» bares. Édifiez l'avenir. Donnez votre nom à » un siècle. L'humanité toute entière a pro-» noncé : les rois ne m'appartiennent point ; » l'histoire a consacré cette sentence par les » faits. Donnez un démenti à l'histoire et à » l'humanité ; contraignez-la d'écrire sous les » noms de Washington et de Kosciusko, nés » citoyens : Il y eût un nom plus grand que » ceux-là, ce fût un trône érigé par vingt » millions d'hommes libres, qui écriviront sur » la base : A Charles-Albert, né roi, l'Italie » ressuscitée par lui ! Le secret de la puis-» sance est dans la volonté. Choisissez une » voie qui concorde avec les pensers de la » nation, maintenez-vous y invariablement ; » soyez ferme et saisissez le temps : vous avez » la victoire en main..... Sire ! A cette con-» dition nous nous serrons autour de vous :

(*) Voir notre numéro du 9 juin. — La reproduction et la traduction sont formellement interdites.

(1) Ceci est une citation, et notre responsabilité ne se trouve point engagée. Cependant, nous croyons, dans l'intérêt de la vérité historique, devoir rappeler ici un passage de la *Déclaration des droits de l'homme et du citoyen*, préambule de l'acte constitutionnel du 24 juin 1793:
» Art. 1er Le but de la société est le bonheur commun.
» Le gouvernement est institué pour garantir à l'homme la jouissance de ses droits naturels et imprescriptibles.
» Art. 2 Ces droits sont : l'égalité, la liberté, la sûreté, *la propriété.* »
De ce que Buonarroti, « fut ami de Robespierre et compagnon de Babeuf, » il ne suit pas nécessairement que les Jacobins fussent communistes.

(2) G. La Farina, *Storia d'Italia*; vol. 11, p. 145-150.

» nous vous offrirons nos existences ; nous
» conduirons sous vos bannières les petits
» Etats d'Italie. Nous dépeindrons à nos frères
» les avantages qui résultent de l'union ; nous
» provoquerons les souscriptions nationales,
» les dons patriotiques ; nous prêcherons la
» parole qui crée les armées, et, après avoir
» déterré les os de nos pères égorgés par l'é-
» tranger, nous conduirons les masses contre
» les barbares, comme à une sainte croisade.
» Unissons-nous. Sire, et nous vaincrons. »

Ces paroles et d'autres semblables ne trouvèrent à la cour de Turin que mépris et raille-
rie. Alors la Jeune Italie, toute espérance
étant perdue, se déclara l'ennemie de Charles-
Albert, et son journal, introduit au moyen de
mille ruses dans le Piémont et dans la Ligurie,
fut lu avec avidité par la jeunesse et par un
nombre considérable d'officiers de l'armée.

Le gouvernement sut que des conspirations
se tramaient. Il créa à Turin une commission
criminelle extraordinaire pour rechercher et
faire juger les coupables. Beaucoup de personnes furent alors emprisonnées, et, en violation
flagrante de la loi, on soumit au jugement des
tribunaux militaires, même ceux qui n'étaient
point militaires................. (3)

Ces procédés du pouvoir, loin d'abattre les esprits, ne firent que les irriter. Les conspirateurs
restés debout et libres d'agir se réunirent sur
les confins de la Suisse, brûlant de venger
leurs compagnons. Après les préparatifs né-
cessaires, la Jeune Italie, aidée d'un certain
nombre de proscrits tant polonais qu'alle-
mands (4), réunis à cet effet dans les cantons
de Vaud et de Genève, opéra une descente en
Savoie (février 1834), descente dirigée, sous
le rapport politique, par Joseph Mazzini, sous
le rapport militaire, par le général Jérôme Ramorino. C'était, paraît-il, contre le sentiment
de Mazzini que la majorité des suffrages
avait nommé Ramorino l'un des chefs de l'entreprise, et les graves accusations qui bientôt
pesèrent sur ce chef semblèrent justifier la répu-
gnance du Génois. Hâtons-nous de dire, pourtant, que ces accusations, l'histoire ne les trouve pas suffisamment motivées. Quoiqu'il en
soit, la tentative avorta, et coûta la vie aux
nommés Volonteri et Borel, pris les armes à la
main et fusillés à Chambéry. Un grand nombre de personnes furent emprisonnées ; d'autres prirent la fuite, et parmi elles était Garibaldi.

Les preuves de culpabilité manquèrent, et
l'on ne prononça point de condamnations ;
mais les rigueurs qui avaient marqué l'année précédente rendaient prudent de se
tenir éloigné.

IV.

Déguisé en paysan et prenant les sentiers
les plus détournés des montagnes, Garibaldi
put gagner Nice. Il y resta caché pendant deux
jours, dit M. de La Forge, « chez un ami,
M. Gaume, qui, à l'aide du costume d'un de
ses fermiers, lui fit passer le Var. »

Ce détail prouve les sentiments que Garibaldi sait inspirer, en même temps qu'il
montre un homme de cœur pour qui l'infor-
tune n'est pas l'indignité.

Dès qu'il eut franchi nos frontières, Garibaldi se rendit en hâte à Marseille. Les ressources spéciales qu'offre cette ville devaient
lui permettre de se perfectionner dans l'application des mathématiques à la marine, et il
l'entreprit avec ardeur. Quand il crut avoir
acquis une expérience suffisante pour justifier
la confiance dont il serait l'objet, il chercha
et trouva un emploi à bord d'un navire français destiné au commerce avec le Levant. Pendant qu'il remplissait ses fonctions de capitaine
à la grande satisfaction de l'armateur, il eut
occasion, au milieu de circonstances exigeant
la plus rare audace, de sauver la vie à un
jeune homme qui se noyait. La famille de
celui-ci, l'une des premières de la place,
offrit dons et récompenses pour reconnaître
cet éminent service : Garibaldi répondit qu'il
avait rempli un devoir, et refusa tout obstiné-
ment.

Cependant la vue de Rome et les luttes
contre le despotisme autrichien et clérical n'a-
vaient pas révélé en vain sa vraie vocation à
cette nature vigoureuse et passionnée. Quelles
que fussent ses aptitudes pour la profession
qu'il avait reprise, l'amour des aventures se
réveilla en Garibaldi. Laissant donc de nouveau ses occupations prosaïques et mercantiles, il partit sur une corvette égyptienne,
pour aller où ? offrir ses services au bey de
Tunis.

On croira sans peine que l'investi du sultan
ne se fit nullement prier pour prendre un
homme de cette trempe. Voilà donc notre
héros officier de la flotte d'une régence bar-
baresque. Mais là où il croyait trouver des
scènes émouvantes et quelque péril à braver,
il ne vit que mollesse oisive et la haine de
toute entreprise sérieuse. La déception fut
grande, et l'état pitoyable de la marine tuni-
sienne n'était pas fait pour le ramener à
d'autres sentiments. Vingt petits bâtimens mal
armés, c'était tout ce que le bey pouvait offrir
à son admiration. Il fallut songer à d'autres
destinées. Qui sait si, toute espérance étant
ajournée en Italie, quelque trafic au loin ne
sera pas un calmant pour ce sang qui bouil-
lonne ?

En 1836, Garibaldi se rendit dans l'Amérique du Sud. Il trouva à Rio-Janeiro plusieurs de ses compatriotes, exilés comme lui.
Moyennant leur concours, il acheta un petit
vaisseau avec lequel il entreprit le cabotage
entre ce port et Cabo-Frio (7). Cet humble
trafic, qui dura neuf mois, l'ancien conspirateur le conduisit avec son intelligence et son activité habituelles ; mais le désappointement et
les regrets continuaient à l'assiéger. L'état de
son esprit se trahit dans le paragraphe suivant
d'une lettre qu'il écrivait à un intime ami :
« De moi-même, je puis dire seulement que la
» fortune ne sourit point à mes entreprises.
» Ce qui principalement m'afflige, cependant,
» c'est la conscience que je ne fais rien pour
» le progrès futur de notre cause. Je suis las,
» par le ciel ! de traîner une existence si
» inutile à notre pays, tant que je suis forcé
» de vouer mon énergie à ce misérable com-
» merce. ... Soyez-en sûr, nous sommes des-
» tinés pour de meilleures choses. — nous
» sommes ici hors de notre élément (8) ! »

L'ami intime auquel cette lettre était adressée combat-il maintenant pour l'indépendance
de l'Italie ? Nous l'ignorons. Mais quant à celui qui l'écrivait, il avait raison de se dire
« destiné à de meilleures choses. » Il y a un
peu loin du petit cabotage qu'il pratiquait alors
au rôle immense qu'il joue aujourd'hui !

Dans le port de Rio, Garibaldi, au péril de
ses jours, sauva pour la seconde fois une personne qui se noyait. Un nègre était tombé par
dessus le bord. Le vent était haut, et poussant
les vaisseaux l'un contre l'autre, rendait toute
tentative de secours extrêmement dangereuse ;
mais Garibaldi n'eut pas plus tôt appris l'acci-
dent, qu'il plongea dans les vagues furieuses
et arracha à la mer le pauvre noir.

Pour extrait : MANGIN.

(La suite au prochain numéro.)

(3) Ce furent les mauvais jours du règne de
Charles-Albert. On verra plus tard sa politique,
changeant de face, former un contraste avec ces
pénibles commencemens.

(4) M. La Farina leur adjoint des Français ;
mais, M. Ricciardi, que nous croyons mieux infor-
mé, ne mentionne que des Polonais et des Alle-
mands.

(5) Ville du Brésil à 110 kilomètres Est de Rio-
Janeiro ; chef-lieu de district à l'extrémité Sud-Est
du lac Araruama, près de l'Atlantique, sur la baie
de son nom et au Nord-Ouest du cap Frio.

(6) Chambers's Journal, loc. cit.

Nantes, imp. de Mme Mangin.

JOSEPH GARIBALDI.

EXTRAITS D'UN OUVRAGE INÉDIT (¹)

VII.

L'idée fixe du dictateur de Buenos-Ayres était de ramener la république orientale dans le giron de la Confédération argentine. Il chargea de ce soin un général de triste mémoire. Oribe se distinguait non moins par sa cruauté que par son zèle à servir les intérêts et les ambitieuses vues de Rosas. Ses bandes dévastatrices désolaient les campagnes : elles enlevaient les troupeaux, détruisaient les récoltes, incendiaient les habitations, égorgeaient les habitans. De temps à autre les brigands d'Oribe s'approchaient de Montevideo, qu'ils menaçaient de pillage.

Le gouvernement de l'Uruguay n'était pas assez fort pour repousser Oribe, mais de nombreux européens résidaient à Montevideo : ils s'armèrent pour défendre leurs biens et leurs vies. Une légion française, organisée et commandée par le brave colonel Thibaut rendit à la république les plus signalés services. Néanmoins on souffrait encore du côté de la mer ; Garibaldi, laissant l'algèbre et la géométrie, entreprit de dégager la position.

La première expédition navale de notre héros fut honorable pour la réputation, quoique désastreuse pour les résultats. Investi du commandement d'une corvette, d'un brick et d'un cutter, il força l'entrée du Parana, défendue par des batteries considérables. Exalté par le succès, il voulut remonter la rivière ; mais, inexpérimenté dans la navigation, il se trouva engagé sur des bancs de sable, et, au même moment, en présence de la flotte de Buenos-Ayres, forte de six voiles. Pendant trois jours, Garibaldi mit les assaillans aux abois. A la fin, les munitions lui manquant, il coupa en morceaux les chaînes-câbles, tous les outils en fer qu'il avait sous la main, et se servit des uns et des autres en guise de projectiles. Voyant ces dernières ressources épuisées, il ordonna à tout le monde de prendre les bateaux, et restant lui-même le dernier à bord, il eut recours à son système usuel d'explosion. Comme au lac dos Patos, il gagna le rivage en sûreté. Là il ordonna promptement ses hommes, et, se frayant un passage, l'épée à la main, à travers un corps de troupes envoyé pour lui barrer le chemin, il parvint à effectuer sa retraite.

Malgré le mauvais succès de son expédition, Garibaldi était anxieusement attendu à Montevideo. Il y arriva par des chemins détournés, et fut chaleureusement accueilli. La ville se trouvait menacée d'un siège par le redouté Oribe, et malgré le vaillant concours de la légion française, qui ne pouvait se trouver partout, la consternation était excessive. Garibaldi fut chargé par le gouvernement de préparer quelques bâtimens pour remplacer les pertes récentes, et par les résidans italiens, nommé au commandement d'un corps de 800 volontaires levé parmi eux pour concourir à la défense de Montevideo. Ainsi fut créée la légion italienne, et l'Uruguay eut dès ce moment deux légions de braves à opposer aux dévastateurs du pays.

Les opérations navales qui suivirent la formation de la légion italienne durent, faute de ressources suffisantes, être limitées à surveiller les mouvemens de l'escadre *blocante*, à faciliter l'entrée des navires apportant des provisions à la ville bloquée, et à la capture occasionnelle de quelques bâtimens chargés de vivres ou de munitions pour l'armée d'Oribe. Néanmoins, telle était l'impatience de Garibaldi de frapper quelque coup décisif, qu'un jour il s'avança délibérément à l'entrée du port avec son insignifiante flotille, fort seulement de huit canons, et offrit la bataille aux vaisseaux de Rosas qui en portaient quarante-quatre.

Les toits et les balcons de Montevideo étaient encombrés de spectateurs ; les mâts et les agrès des vaisseaux neutres ancrés dans le port fourmillaient de marins français, anglais et américains, tous attendant, la poitrine haletante, l'issue de cet audacieux défi. Mais les Buenos-Ayriens, instruits probablement que Garibaldi fondait ses espérances de succès sur les grappins et l'abordage, jugèrent prudent de refuser le combat.

Relativement à la légion si promptement organisée par Garibaldi, les Italiens ont raison de s'en montrer orgueilleux, car elle assura, avec l'intrépide légion française, le salut de la République orientale. Raconter en détail les sorties, les charges désespérées, les escarmouches par bonds et par sauts dans lesquelles cette brave légion fut constamment engagée, serait entrer dans une narration sans fin. On ne peut pourtant se dispenser de citer un brillant fait d'armes, choisi parmi plusieurs autres non moins remarquables.

Dépêché à trois cents lieues pour déloger l'ennemi d'une province où sa présence inquiétait, Garibaldi, avec 184 légionnaires italiens et une poignée de cavaliers, combattit pendant huit heures contre 1500 hommes, sans perdre un pouce de terrain. Quand la nuit vint, la petite troupe du guérillero se trouvait réduite à la moitié du nombre primitif : trente-cinq de ces braves étaient tués, cinquante blessés sérieusement. Les survivans, épuisés de fatigue et privés de vivres, semblaient à peine capables de se traîner jusqu'à Salta (1), où Garibaldi avait établi son quartier-général. Mais laisser les blessés à la merci des Buenos-Ayriens, si fort irrités par leur échec, ne pouvait venir à la pensée d'un tel commandant. Voici le moyen qu'il imagina pour franchir la lieue de distance qui le séparait de Salta. Les blessés furent placés par deux et par trois sur tous les chevaux qu'on put réunir, et leurs camarades, tout accablés qu'ils fussent, durent les soutenir de chaque côté. Tour à tour encourageant, louant, réprouvant, Garibaldi, après une pénible retraite qui ne dura pas moins de trois heures, eut le bonheur de voir tous ses compagnons de gloire abrités dans Salta.

La nouvelle de cette remarquable retraite, aussi bien que d'une action où l'ennemi était dit avoir perdu 500 tués ou blessés, produisit un grand enthousiasme à Montevideo. Le gouvernement ordonna que la date de la bataille — 8 février 1846 — serait inscrite en lettres d'or sur le drapeau de la légion. L'amiral français, commandant la station du Rio-de-la-Plata, adressa une lettre de félicitations à Garibaldi, « déclarant que de tels exploits auraient conféré un nouveau lustre même aux soldats » de la grande armée de Napoléon (2). »

Dans l'automne de 1846, Garibaldi retourna à Montevideo après avoir accompli sa mission à la pleine satisfaction de l'Uruguay. En récompense de sa belle conduite, le gouvernement lui conféra le titre de général. Le guérillero déclina d'abord cet honneur, mais la sollicitation publique le détermina plus tard à l'accepter. Il en fut autrement de son refus de terres et de troupeaux pour lui-même et pour les légionnaires. Prières et conseils, tout fut impuissant pour ébranler sa détermination. Il protesta que les Italiens de Montevideo avaient pris les armes pour « obéir au seul appel de la liberté, et non dans des vues ambitieuses de gain ou d'avancement. » Insister encore, après une déclaration aussi nette, eût été blesser la fierté de son cœur.

Ce refus de Garibaldi était d'autant plus méritoire, qu'on sut plus tard, à n'en pouvoir douter, qu'au moment où il le faisait, sa famille et lui en étaient réduits à vivre de sa ration de soldat, et que cette ration ne comprenant pas de luminaire, l'intérieur du général n'était jamais éclairé dans la nuit.

Lorsqu'un fait pareil fut connu du général Pacheco y Obes, alors ministre de la guerre, il se hâta d'envoyer, ainsi qu'il le rapporte lui-même, son aide-de-camp à Garibaldi, avec une somme de 500 francs. Garibaldi accepta la moitié de cette somme pour les plus pressantes nécessités de sa famille ; mais il pria de donner l'autre moitié à une veuve qu'il désigna. Elle en avait, disait-il, plus besoin que lui-même. Quels commentaires ne pâliraient à louer de telles actions !

Les bonnes dispositions qu'avaient pour lui les habitans de toutes les classes ; la confiance dont il jouissait auprès de l'autorité ; les droits que lui avaient créés ses constans efforts pendant la guerre, Garibaldi ne les considéra jamais comme constituant un titre quelconque à des récompenses personnelles. Aussi les seules faveurs qu'il consentit à solliciter furent le pardon de quelque conspirateur ou la liberté de quelque captif.

Pour extrait : MANGIN.
(La suite au prochain numéro.)

Nantes, Imp. de Mme Mangin.

(1) La reproduction et la traduction sont formellement interdites. — Voir nos numéros des 9, 15 et 17 juin.

(1) Salta ou San-Felipe de Tucuman, ville de 9000 habitans et siège de l'évêché de Tucuman, est à 1200 kilomètres N.-N.-O. de Buenos-Ayres, par 24° 20′ lat. sud et 66° 55′ long. ouest. L'État de Salta, au sol fertile et très accidenté, a beaucoup souffert dans la guerre de l'indépendance.

(2) *Chambers's Journal.* loc. cit.

JOSEPH GARIBALDI.

EXTRAITS D'UN OUVRAGE INÉDIT (*).

VIII.

Depuis que Garibaldi avait quitté le Piémont, de grands évènemens s'étaient accomplis en Italie. Le pas extraordinaire était l'avènement — juin 1846 — d'un pape qu'on disait libéral, deux mots qui de tout temps ont passé pour incompatibles et qui sans doute le seront toujours. Garibaldi, néanmoins, partagea un moment l'illusion générale. Le nouveau pontife lui semblait devoir être le régénérateur de l'Italie. Anzani, l'un de ses plus intimes amis, étant bercé les mêmes espérances, ils écrivirent de concert au nonce apostolique à Rio-Janeiro :

« Si nos bras, non inaccoutumés à la guerre,
» peuvent être agréables à sa sainteté, nous
» les offrons volontiers à celui qui sait si bien
» comment on peut servir à la fois l'église et
» notre patrie. Pourvu que ce soit pour le
» progrès de l'œuvre de rédemption commen-

(*) La reproduction et la traduction sont formellement interdites. — Voir nos numéros des 9, 15, 17 et 22 juin 1850.

» cée par Pie IX, nous nous considérerons
» nous-mêmes comme privilégiés en scellant
» notre dévouement de notre sang. »

Cette lettre de Garibaldi mérite d'être remarquée, car elle prouve qu'à ses yeux l'affranchissement de l'Italie est au-dessus de toute question d'hommes et de sentimens politiques ou religieux. A propos de la lutte actuelle, on s'est étonné, dans un certain camp, que, lui républicain, il eût offert son épée à un roi pour combattre l'Autriche ; l'offre n'était pas nouvelle, comme on le verra plus tard et en tout cas il n'y aurait pas eu de quoi s'en montrer surpris, puisque, croyant le pape disposé à régénérer sa patrie, Garibaldi avait autrefois voulu se ranger même sous la bannière du pape.

Le nonce, Monseigneur Berlini, savait probablement où aboutirait le patriotisme tant vanté de Pie IX, et il n'avait nul désir de voir dans l'armée de sa sainteté des hommes qui, le jour de la réaction venu, auraient été en grand embarras. Il adressa à Garibaldi et Anzani une réponse flatteuse, mais évasive, dans laquelle tout engagement consistait à dire qu'il avait transmis leur lettre à Rome.

Mais il n'était pas dans la nature de Garibaldi de rester inactif. Long-temps avant qu'aucune réponse pût être reçue de Rome, il avait quitté l'Amérique du Sud.

Le ton belliqueux des journaux italiens, le langage enflammé des lettres particulières donnaient à comprendre que le pays était à la veille d'un grand soulèvement national, prêché par les prêtres et les moines comme une nouvelle croisade, et auquel le pape lui-même était supposé favorable. C'était plus qu'il n'en fallait pour réveiller les espérances de tant d'hommes généreux que l'annonce de la liberté et la haine de la domination étrangère avaient jetés dans l'exil. Les Italiens établis à

Montevideo s'émurent et voulurent partir aussitôt. Une souscription considérable fut promptement réalisée. Elle suffit à équiper un vaisseau, nommé l'*Espérance*, destiné à porter en Italie un corps de volontaires sous le commandement de Garibaldi. La valeureuse phalange revendiquait sa part de périls dans la guerre de l'indépendance, que tout annonçait comme prochaine.

Mais le gouvernement Montévidéen voyait avec une peine extrême le départ d'un homme qui lui avait rendu des services si notables, et dont le concours pouvait encore lui être si utile. Les marchands étrangers, de leur côté, ne pouvaient se résigner à perdre sa puissante protection. Les incroyables efforts qu'on fit pour le retenir amenèrent délais sur délais. Vainement Garibaldi se multipliait afin de lever les obstacles, c'était sans cesse des embarras nouveaux. Et il se désespérait, et à chaque perte de temps on l'entendait s'écrier avec douleur : « Nous arriverons trop tard, lorsqu'il ne restera plus rien à faire pour nous ! »

Ruses et petits manèges finirent pourtant par être déjoués, et, en avril 1848, l'expédition, comprenant environ cent hommes, put mettre à la voile. Au mois de juin suivant, la petite troupe et son chef débarquaient à Nice.

IX.

Lorsque Garibaldi, après une absence de quatorze années, toucha de nouveau le sol sacré de la patrie, le récit de ce qui s'était passé dans les trois derniers mois le frappa d'étonnement. L'établissement de la république française ; des constitutions fondées là où l'on n'avait jusqu'alors connu que le despotisme ; des mouvemens insurrectionnels à Berlin ; Vienne en révolte ; les Autrichiens chassés de Milan ; Charles-Albert, roi de Piémont, traversant le

Tessin, pour répondre à l'appel de la Lombardie ; La Toscane et Rome envoyant l'une et l'autre des milliers de volontaires pour la guerre sainte ; Ferdinand de Naples lui-même, forcé par la pression du sentiment public, de coopérer à la lutte nationale : jamais l'esprit du guerrillero n'aurait osé concevoir de tels prodiges.

Réjouissances délirantes, excitations frénétiques, saintes espérances des opprimés, où serez-vous bientôt ? Vision éclatante, quel sombre réveil vous suivra !...

Déjà à l'aurore de mai, la brillante peinture était çà et là parsemée de taches.

Naguère Pie IX bénissait le départ des multitudes exaltées, qui, des croix tricolores sur la poitrine, et criant : « Liberté à l'Italie, dehors les barbares! » défilaient devant le Quirinal Maintenant ce même Pie IX, par sa funeste encyclique du 29 avril, répand la consternation dans toute la Péninsule.

Et désormais tout dans la conduite du pontife sera incertitude ou réaction. Et avec le changement de sa politique changeront le langage et les sentimens du pays. L'égal de Titus et de Trajan, le père de la patrie, l'ange du Vatican, l'envoyé de Dieu, le rédempteur de l'Italie, vaêtre abandonné du peuple, et les cardinaux Lambruschini et Della Genga, auteurs ou conseillers présumés de la fatale allocution, seront menacés de mort. Mamiani, fraîchement retourné à Rome, le sénateur Corsini et autres personnages jouissant de la faveur publique, s'efforceront de calmer cette fureur ; mais des députations exaspérées ne cesseront d'aller et venir sur le chemin du Quirinal, et la garde civique en armes déclarera qu'elle veut, non refréner le peuple, mais punir les traîtres.

Le pape avait été loin de prévoir un tel état de choses. Inquiet, confus, hors de lui,

il disait ne pas comprendre comment ses paroles pouvaient être l'occasion de ce soulèvement général. Il accusait les Romains d'ingratitude : il menaçait de partir ; il promettait, si les esprits se calmaient, de déclarer qu'il n'abandonnerait point la cause italienne. Cent partis divers et contraires étaient dans le même temps adoptés et rejetés.

Au milieu de ces incertitudes, le peuple, toujours tumultueux, toujours frémissant, pillait à l'office des postes les lettres adressées aux cardinaux et aux prélats, les portait au Capitole, pour être lues en public, criant qu'il voulait découvrir la trahison et les traîtres. Le sénateur Corsini promit que les lettres seraient lues, mais il temporisa, et le ministre des finances Simonetti, invoquant la générosité du peuple, obtint qu'il renonçât à ce projet. En même temps un bataillon de la garde civique, de sa propre autorité, entrait au château Saint-Ange, défendu par des troupes d'ordonnance, et l'occupait au nom de la commune ; d'autres gardes civiques fermaient les portes de la ville, défendant le passage aux suspects ; d'autres allaient aux hôtels de quelques cardinaux des plus haïs, et en gardaient les issues.

Le soir du 1er mai, le pape, à l'insu de ses ministres, publia une proclamation qui fut de l'huile jetée sur le feu. Le peuple en fureur arracha l'imprimé des portes des églises, le lacéra, le foula aux pieds. Les cris et le tumulte s'accrurent.

Les ministres de Sardaigne et de Toscane protestèrent contre la déclaration du pape, mais leur protestation resta secrète. L'ambassadeur de Naples qui, sans doute, connaissait les desseins ultérieurs de son maître, refusa de s'associer à cet acte. Les représentans de Lombardie, de Venise et de Sicile, protestèrent comme ceux de Sardaigne et de

Toscane, mais avec une franchise plus grande et sans réticences courtisanesques. Leur protestation, au grand déplaisir du pontife, fut publiée par la voie de la presse. Lorsque La Farina, qui représentait la Sicile, voulut, avec les autres commissaires, faire considérer au pape le mal que ses paroles causeraient à l'Italie, Pie IX lui répondit : « Je suis plus » Italien que vous ; mais vous ne voulez point » distinguer en moi l'Italien du pontife. » Le ministre de Sicile baissa la tête, et dit en son cœur : « Il a raison : fou est celui qui croit » qu'un pontife peut être Italien. » (1)

Les assemblées populaires restaient en permanence, et par messages et orateurs s'accordaient entre elles et publiaient les délibérations prises. La garde civique obéissait aux assemblées et non au gouvernement. Les troupes réglées déclaraient qu'elles ne tourneraient jamais les armes contre le peuple, pour défendre les traîtres et les ennemis de l'Italie. Les ministres ne pouvaient rien ni sur le peuple, ni sur le pape, qui agissait de lui-même (da se), sans les consulter.

Mamiani, qui avait beaucoup agi pour empêcher un changement d'état, comme le proposaient les plus enflammés, fut invité par le pontife à constituer un nouveau ministère. Il accepta la charge à ces conditions : qu'il lui serait accordé de continuer la politique de ses prédécesseurs relativement à la guerre de l'indépendance, et que la gestion des affaires extérieures temporelles serait soustraite au cardinal secrétaire d'Etat et donnée à un ministre laïque. Le pape, après quelque hésitation, pressé par la nécessité, consentit, et le 4 mai le nouveau ministère fut ainsi composé : le cardinal Ciacchi, président du conseil et ministre des affaires extérieures ecclésiastiques; le comte Jean Marchetti, ministre des affaires

(1) G. La Farina, *Storia d'Italia*, vol. III, p. 535.

extérieures séculières; Térence Mamiani, ministre de l'intérieur; le professeur Pascal Rossi, ministre de grâce et justice; l'avocat Joseph Panati, ministre des finances; le prince Philippe Doria Panfili, ministre des travaux publics, de l'agriculture et du commerce; Galetti resta ministre de la police, comme un homme qui n'avait rien perdu de la faveur populaire.

Dans les provinces, l'allocution du pape avait alarmé et irrité les esprits : les noms des nouveaux ministres les calmèrent; mais l'amour pour Pie IX était presque éteint dans les cœurs, et il ne s'y ralluma pas. D'un autre côté, la cour romaine, le sacré collége et le pontife lui-même voyaient avec déplaisir un cabinet présidé par Mamiani qui, en homme de cœur, avait refusé de souscrire aux conditions imposées aux amnistiés de 46 et avait écrit des ouvrages condamnés par la sacrée congrégation de l'Index. Mamiani, il est vrai, n'avait point le nom de républicain; mais les doctrines philosophiques ne sont pas moins que les démocratiques abominées en cour de Rome, et l'amour et le respect que la jeunesse libérale portait à Mamiani, son activité infatigable pour le progrès de la cause nationale, l'autorité qu'il exerçait dans les assemblées du peuple, étaient autant de crimes pour les hauts dignitaires de l'Eglise. A peine entré en fonctions, le nouveau ministre imprima dans la *Gazette de Rome* un discours où il déclarait que son intention était de soutenir par tous les moyens possibles la guerre de l'indépendance nationale. Le pape, irrité d'un pareil langage, força la *Gazette de Rome* à dire le lendemain le contraire de ce qu'elle avait dit la veille. Ce fut sous d'aussi tristes auspices que les ministres prirent le gouvernement de l'Etat.

Pie IX avait envoyé à Charles-Albert, en mission extraordinaire, Louis-Charles Farini, avec la charge de stipuler un accord par lequel le roi de Piémont assumerait le commandement de toutes les troupes pontificales qui militaient au-delà du Pô. Au moyen de cet expédient enfantin, le pape entendait se soustraire à la responsabilité morale de la guerre; et pour donner un signe apparent que, en sa qualité de pontife et de prêtre, il était opposé à la guerre, il rappela du camp monseigneur Corboli. Le 12 mai, une lettre envoyée à Farini s'efforçait d'établir que l'allocution du 29 avril n'était nullement opposé à la nationalité italienne. Le saint-père serait au contraire heureux d'établir cette nationalité pour toujours, si l'on voulait accepter sa médiation comme prince de paix. Et qui écrivait cette lettre ? le cardinal Antonelli, pendant, comme le fait remarquer La Farina, qu'il y avait deux ministres des affaires étrangères, Marchetti et le cardinal Ciacchi, et, en l'absence de l'un et de l'autre, le cardinal Orioli, qui remplissait leurs fonctions; mais, ajoute l'historien, « en cour de Rome, les règles du gouvernement représentatif étaient une plante si étrangère, qu'elle ne pouvait d'aucune façon s'enraciner. »

En même temps que le cardinal Antonelli mandait les désirs du pape à l'envoyé extraordinaire près du roi de Piémont, Pie IX, de sa propre main, écrivait à l'empereur d'Autriche :

« Ce fut toujours la coutume que de ce » saint-siège sortît une parole de paix au mi- » lieu des guerres qui ensanglantaient le sol » chrétien; et dans l'allocution du 29 du mois » passé, en même temps que nous avons dit » que notre cœur paternel refusait de décla- » rer une guerre, nous avons expressément » annoncé notre ardent désir de contribuer à » la paix. Qu'il ne soit donc pas désagréable » à Votre Majesté que nous fassions appel à

» sa piété et religion, l'exhortant à retirer les » armes d'une guerre qui, sans pouvoir recon- » quérir à l'empire les esprits des Lombards » et des Vénitiens, entraîne avec elle la série » de calamités inséparables des guerres, et qui » sont certainement abhorrées et détestées de » Sa Majesté. Qu'il ne déplaise point à la gé- » néreuse nation tudesque que nous l'invitons » à déposer les haines, et à convertir en re- » lations utiles de bienveillant voisinage une » domination qui ne serait ni noble ni hu- » maine, quand elle s'appuierait uniquement » sur le fer. Ainsi nous avons confiance que » la nation elle-même, justement fière de sa » nationalité propre, ne mettra pas son hon- » neur dans des tentatives sanguinaires contre » la nation italienne, mais le mettra plutôt à » la reconnaître noblement pour sœur, com- » me elles sont toutes deux nos filles et très » chères à notre cœur, se réduisant à habiter » chacune les limites naturelles, avec des trai- » tés honorables et avec la bénédiction du sei- » gneur. Nous prions en attendant le donneur » de toute lumière et l'auteur de tout bien » qu'il inspire à Votre Majesté de saints con- » seils, pendant que du fond du cœur nous » lui donnons, nous donnons à Sa Majesté » l'impératrice et à la famille impériale la bé- » nédiction apostolique. »

Monseigneur Morichini, orateur de paix, fut envoyé par le pape à l'empereur; mais, outre qu'il y a de fortes raisons de croire que ce prélat avait des instructions secrètes peu conformes à la lettre pontificale, les instances du pape, après son allocution, ne pouvaient plus avoir d'efficacité. Par la déclaration d'intentions pacifiques, l'Autriche avait cessé de craindre les armes temporelles de Rome, et les armes spirituelles n'ont plus le pouvoir de déterminer un souverain à renoncer à son autorité ou à ses possessions.

Cependant, le ministère romain, battu en brèche par la cour et par le peuple, était obligé par ses conditions mêmes de tomber dans les contraires. Il louait de vive voix et par écrit les intentions pacifiques du pape, et il congédiait M. Lutzow, ambassadeur d'Autriche, jusqu'alors resté à Rome. Le gouvernement vacillait. Le clergé lui créait des embarras; le peuple le suspectait; le pontife le tolérait en murmurant, ou agissait de lui-même sans le consulter. Le ministère avait proposé pour siéger dans le haut conseil les personnes qui lui paraissaient les plus aptes : le pape n'en tint aucun compte et nomma qui lui plut, et ceux-là étaient pour la plupart des hommes obscurs et ineptes. Le cardinal Ciacchi refusa la présidence du conseil des ministres : le pape la donna au cardinal Soglia, sans prendre l'avis et à l'insu du ministère. Une nouvelle loi sur la presse était en projet : le pape chargea du soin de la préparer, non le ministère, mais le dominicain Buttaorri, flanqué de prêtres et de moines. Si le ministère donnait des ordres aux chefs ecclésiastiques des provinces, ceux-ci ne lui obéissaient point, et il ne pouvait les changer, parce que le pape les défendait; si le ministère commandait que les soldats déserteurs et séditieux fussent mis en jugement et punis selon la loi, sa volonté restait sans effet parce que la rébellion et la contumace trouvaient refuge et protection dans le Quirinal. Toute réclamation aurait été inutile; et cette situation affreuse, le ministère la cachait avec soin pour ne pas donner au peuple l'occasion d'embrasser quelque parti extrême.

Pour extrait : Mangin.

(La suite au prochain numéro.)

PARTIE LITTÉRAIRE

JOSEPH GARIBALDI.

EXTRAITS D'UN OUVRAGE INÉDIT

X

Comme il avait été facile de le prévoir, l'allocution du 29 avril avait frappé de mort beaucoup de nobles résolutions. Les plus déterminés des volontaires, poussés à une violation ouverte des injonctions du pontife, poursuivirent la campagne sous les ordres du général Durando; mais un grand nombre, encore attachés à leur vieille foi dans l'Église, perdirent confiance en une expédition que son chef cessait de sanctionner. Ces sentiments ne se renfermaient point aux sujets de Rome; ils s'étendaient à tout le peuple italien, dont les convictions politiques ou religieuses se trouvaient ébranlées. — Ainsi dans cette grande lutte nationale, où l'unité de principe était indispensable pour le succès, des éléments de discorde, des sujets de doute, ou des scrupules de conscience furent également introduits. Au moyen de quelques paroles, Pie IX avait plus favorisé la cause de l'Autriche que si elle eût recruté cent mille hommes.

Ce n'était pas tout. Le roi de Naples, après avoir, sous divers prétextes, tellement retardé le mouvement de ses troupes que vers le milieu de mai elles se trouvaient encore dans l'État pontifical, arrêta leur marche en avant juste au moment où elles allaient franchir la frontière lombarde, et leur donna ordre de rentrer à Naples. La soudaine retraite de 20,000 hommes, bien pourvus d'artillerie, sur la coopération desquels il avait anxieusement compté, ne fut pas le seul désastre qui traversa les desseins de Charles-Albert. Les volontaires toscans, jeunes gens pour la plupart des universités de Pise et de Sienne, avaient été défaits, malgré leur rare courage, en deux rencontres successives avec les Autrichiens, et se trouvaient dans l'impossibilité de prêter aucune assistance ultérieure. Enfin, de vagues soupçons, habilement semés et entretenus, sur la loyauté et le désintéressement du prince qui jouait sa couronne, paralysaient tous les mouvements contre l'ennemi commun.

Pour un moment, néanmoins, les victoires de Peschiera et de Goïto — 30 mai 1848 — dispersèrent les nuages amoncelés. Lorsqu'il fut connu que dans un même jour la puissante forteresse de Peschiera s'était rendue au duc de Gênes, et que 30,000 Autrichiens, sous Radetzky, avaient été défaits par Charles-Albert, à la tête de 20,000 Piémontais, la joie fut universelle et l'orgueil du triomphe ne connut plus de bornes. Les murmures de désaffection à Milan furent étouffés, et, comme deux mois auparavant, dans la première période de la popularité, le nom du roi-chevalier fut salué dans les rues et les théâtres par d'enthousiastes acclamations.

Si les Piémontais avaient su moissonner les lauriers de la victoire aussi bien qu'en recueillir les premiers fruits, la fortune de l'Italie pouvait être changée. Mais au lieu de poursuivre l'ennemi en retraite, Charles-Albert, par une négligence inexplicable, permit à Radetzky de se retirer à loisir derrière l'Adige et d'effectuer sa jonction avec un corps de 15,000 hommes dépêché à son aide par le Tyrol, de bombarder Vicence, qui, défendue par Durando et les volontaires romains, capitula le 8 juin — après une courageuse résistance — et, finalement, au moyen d'une marche rapide, de se jeter dans Vérone, juste au moment où les Piémontais se préparaient à l'assaillir (1).

Déjoué dans ses vues sur Vérone, Charles-Albert s'établit devant Mantoue, l'une des plus formidables forteresses de l'Europe; tandis que Radetzky, par la réduction de Vicence, ayant le pays entier ouvert sur ses derrières, était très heureux de continuer à se tenir sur la défensive jusqu'à l'arrivée de nouveaux renforts.

Ce fut durant la fatale inaction du blocus de Mantoue, que Garibaldi se présenta au quartier-général du roi de Piémont.

XI

Le parlement romain s'était ouvert le 5 juin 1848 au milieu d'incidents qui méritent d'être connus. Le ministère avait préparé un discours que le pape devait faire lire par l'un de ses délégués. Après les généralités d'usage, ce discours disait que l'âme paternelle et italienne de sa sainteté aurait trouvé une douce consolation à voir l'Italie se refaire graduellement et paisiblement à la vie publique. Le discours faisait ensuite mention de la ligue, et, affirmant la nationalité italienne, il ajoutait : « Que d'autres cherchent à constituer l'Italie par la vigueur et la fortune des armes, le saint-père, abhorrant la guerre et le sang, s'efforcera d'acquérir ce grand bien par la vertu de la paix et de la concorde. »

Le pape, en ayant écouté la lecture, dit qu'il n'était pas content de ce discours. Il indiqua plusieurs changements à faire; ils furent faits. Cela ne suffit point. En définitive, Pie IX prit le discours, le refit entièrement à sa façon, et le renvoya aux ministres dans la soirée du 5. Le lendemain, pendant que des députés du peuple et les membres du haut conseil allaient processionnellement au palais de la Chancellerie où le cardinal Alfieri, délégué du pontife, devait ouvrir le parlement, les ministres se réunirent au Quirinal pour déclarer du pape qu'ils n'entendaient point acquiescer à son discours. Ils lui proposèrent de ne prononcer au cardinal quelque paroles sans signification politique, le ministère se réservant de lire en son propre nom un autre discours, le premier jour de séance légale. C'était dans le moment l'unique parti possible; mais le pape, au lieu de le comprendre ainsi, montra un dépit extrême, fit grand bruit, accabla les ministres de reproches, les accusa de trahison et les congédia hautement.

Les ministres voulurent sur-le-champ donner collectivement leur démission; des émissaires officieux les prièrent de renoncer à ce projet, à cause des embarras du moment, et Pie IX lui-même finit par proposer une transaction. Le délégué avait ouvert le parlement par la lecture de quelques paroles écrites à la hâte et sans signification; Mamiani fut autorisé à préparer un discours. Farini le soumit au pape, et des concessions mutuelles évitèrent pour le moment l'éclat d'une scission. Le discours, fort sympathique à la cause nationale italienne, parlant des beaux fruits qu'on devait attendre d'une ligue entre les États italiens, ne promettait amitié à l'Autriche que si elle évacuait entièrement la terre italienne (che l'ultimo suo soldato abra di sé sgombro l'ultimo palmo della terra italiana); manifestant le désir d'entrer en rapports avec la valeureuse nation hongroise, et demandant au parlement de rééditer et reconstruire le régime intérieur; le discours fut lu le 9 juin dans les deux conseils et y reçut les plus grands applaudissements. À la chambre des députés, le prince de Canino demanda si cette œuvre tant applaudie était l'expression d'un ministère amovible ou le programme du prince lui-même, qui avait voulu aussi reconnaître les droits sacrés de ses peuples. Mamiani répondit que ce discours était l'expression unanime du ministère consentie et approuvée par sa sainteté. Les prélats de la cour firent leurs congratulations aux ministres de leur beau langage, et le pape parut très content qu'il eût été généralement agréé. Bientôt après cependant, lorsque les jésuites de France eurent, au moyen de leurs journaux, lancé des attaques furibondes contre l'écrit ministériel, on inventa les fables les plus étranges, et il y eut des gens d'assez mauvaise foi pour oser imprimer que le pape ne l'avait point lu, qu'il avait été trompé et trahi par les ennemis du principe sacerdotal, par les albertistes, par les affiliés des clubs, lesquels par violence et ruse s'étaient emparés des rênes de l'État pour dépouiller les sacerdoces de toute autorité temporelle et en investir les ennemis de l'Église et de Dieu. Où l'intérêt et la passion ne peuvent-ils conduire des hommes qui se croient honnêtes!

Du reste, c'était merveille de voir l'entente qui régnait entre les jésuites de France et les jésuites de Rome, pour détruire souterrainement ce que le pape tolérait ou conseillait d'une manière ouverte. Des articles pleins de fiel et de calomnies étaient imprimés dans les journaux parisiens de la faction; traduits et réimprimés secrètement à Rome, ils étaient envoyés à des milliers d'exemplaires dans les provinces par les soins de la cour (2). Ce n'était pas la seule trahison des prélats romains. Une lettre écrite en chiffres par le cardinal Poglia, au nonce apostolique près l'empereur d'Autriche, dit La Farina, interceptée à Milan, facilement déchiffrée et imprimée à Turin, puis réimprimée à Rome. Le cardinal disait au nonce : « Qu'il ne fît aucune attention aux ordres du ministère laïque; qu'il obéît seulement aux ordres que le pontife lui transmettrait par son intermédiaire. » Les ambassadeurs étrangers étaient si persuadés eux-mêmes que le pouvoir occulte était tout, qu'il faisaient rien, qu'ils faisaient au ministre Marchetti de simples visites de courtoisie, et ne traitaient jamais d'affaires qu'avec le cardinal Poglia ou le cardinal Antonelli.

Comment s'étonner qu'un pareil régime donnât lieu à des agitations incessantes, et qu'il rendît inévitables les plus graves événements? L'incendie couvait, loin de chercher à l'étouffer, on semblait impatient de le voir éclater. Après des complications sans nombre, la démission d'un ministère impuissant fut offerte et acceptée.

(*) La reproduction et la traduction sont formellement interdites. — Voir nos numéros des 9, 15, 17, 22 et 24 juin.

(1) Chamber's Journal, loc. cit.

(2) Une enquête juridique, faite à propos de quelques feuilles clandestines à Pérouse, ne laissa aucun doute à cet égard. — G. La Farina, ouvrage cité, p. 550.

tée (2 août 1848), et le nouveau cabinet eut pour chef le cardinal Poglia, à la fois président du conseil et ministre des affaires extérieures *ecclésiastiques et séculières* (3). Le parti clérical voyait sa puissance passer de l'ombre au grand jour, ce qui tendait à précipiter la catastrophe. Le 26 août, le pape ordonna la clôture du parlement et le prorogea au 15 novembre. Le 16 septembre, le ministère fut encore modifié, ou plutôt presque entièrement changé; mais pas plus que les autres, le nouveau cabinet ne pourra ramener les beaux jours de l'Italie. (4)

XII.

Avec la promptitude qui marque tous ses mouvemens, Garibaldi n'avait pas eu plus tôt pris une connaissance générale de la position des affaires italiennes, que, laissant sa femme et ses enfants sous les soins de sa mère à Nice, il s'était réembarqué avec ses compagnons de l'*Espérance* et avait fait voile pour Gênes. Parvenu là, il se rendit en hâte à Turin; et se mettant, lui et ses camarades, à la disposition du gouvernement, il demanda un emploi actif et immédiat dans la guerre. La froideur avec laquelle il fut traité dut le désappointer cruellement. Déclinant la responsabilité de décision sur un tel sujet, les ministres

(3) Composition du ministère : Le cardinal Poglia, président, ministre des affaires extérieures ecclésiastiques et séculières; le comte Odoardo Fabbri, ministre de l'intérieur; le comte Lauro Lauri, ministre des finances; le professeur Pascal de Rossi, ministre de grâce et justice; le comte Pierre Guarini, ministre des travaux publics et temporairement de l'agriculture et du commerce; le comte Campello, ministre des armes; Galloti, ministre de la police.

(4) Ministère du 16 septembre 1848 : Le cardinal Poglia, comme auparavant; Pellegrin Rossi, ministre de l'intérieur et temporairement des finances; le cardinal Vizzardelli, ministre de l'instruction publique; l'avocat Philippe Cicognani, ministre de grâce et justice; le professeur Antoine Montanari, ministre du commerce; le duc de Rignano, ministre des travaux publics et temporairement des armes; le comte Pierre Guerrini, ministre sans portefeuille; Pierre Righetti, substitut pour les finances.

le renvoyèrent au roi. Une nouvelle déception attendait ici Garibaldi. Charles-Albert le reçut courtoisement, lui adressa des paroles flatteuses sur ses prouesses dans l'Amérique du Sud, mais il ne lui fit aucune réponse positive sur le sujet qui l'amenait au camp. A toutes ses ardentes sollicitations, le roi répondit d'abord vaguement et avec hésitation, et à la fin, pressé pour une réponse immédiate, il le renvoya à son tour à ses ministres à Turin.

Pauvre Garibaldi, c'était bien la peine de montrer dans l'Uruguay tant d'impatience de combattre l'Autrichien, pour voir, lui, républicain, mettant l'Italie avant les principes, ses services ajournés par un nonce, et repoussés par un roi!

Il ne pouvait convenir à la fière nature du guerillero d'être balloté comme un suppliant. Irrité par le peu d'estime qu'on faisait de son épée, il résolut de se rendre à Milan, qui ne pouvait manquer de l'accueillir.

Charles-Albert se repentit plus tard de sa conduite, et il eut raison; car le refus du concours de Garibaldi est certainement une des plus grandes fautes que ce roi ait commises. Ceci, ce n'est pas seulement l'Italie qui le dit, ce sont aussi et surtout ses implacables ennemis. L'un des premiers généraux de l'Autriche a consigné cette remarque, en forme d'apostrophe au Piémont: « L'homme qui de tous aurait le mieux servi votre cause, vous n'avez pas su le reconnaître. — Cet homme était Garibaldi !

Heureusement pour l'Italie, Victor-Emmanuel a été mieux inspiré que Charles-Albert !

La faveur avec laquelle Garibaldi fut reçu par les Milanais, lui fit oublier toutes ses mortifications antérieures. Le comité de Défense publique lui conféra immédiatement le pouvoir de lever des volontaires pour protéger le prince de Bergame, et, attirés par l'influence de son nom, 3000 hommes furent bientôt enrôlés sous sa bannière.

Personne ne sera surpris de cet empressement lorsqu'on saura que déjà la popularité de Garibaldi était telle que, pendant qu'il combattait au loin pour une cause qui n'était pas celle de la patrie, Florence avait voté une épée d'honneur au valeureux champion de la

(5) *Temprandola nelle lacrime dogli schiavi.* — Giuseppe Garibaldi. *L'Italia*, 16 marzo 1859.

(6) Luino ou Luvino, sur la rive orientale du lac Majeur, est un bourg du royaume Lombard-Vénitien, province de Côme et chef-lieu de district. Il est à 52 kilom. N.-O. de Côme, et à 12 kilom. O. du Lugano.

liberté et de l'indépendance des peuples. Tous les Italiens contribuèrent à ce témoignage d'admiration et de sympathie, et un artiste florentin travailla la lame, *la trempant dans les larmes des esclaves* (5).

Il y avait peu de temps que Garibaldi était parti pour remplir sa mission, lorsqu'il fut rappelé à Milan. Les Autrichiens, suivant le plan tracé par leur vieux général, étaient restés inactifs jusqu'à l'arrivée de troupes fraîches qui leur permirent de surprendre les Piémontais sur divers points, et de les forcer à la retraite. Maintenant à même d'agir, ils menaçaient sérieusement la capitale de la Lombardie. Disputant chaque pouce de terrain, l'armée piémontaise, harassée, souffrant la faim et désolée, rétrogada sur Milan, où elle était déterminée à faire une dernière halte. Garibaldi accourant à marches forcées au secours de la capitale, avait atteint Monza, éloignée seulement de dix-sept kilomètres de Milan, lorsqu'il reçut la nouvelle de l'armistice conclu le 9 août 1848, entre Charles-Albert et les Autrichiens. La reddition de Milan avait d'ailleurs précédé son arrivée à Monza.

Dédaignant de mettre bas les armes avant d'avoir frappé un coup, le hardi guerrier refusa de considérer la cause de l'Italie comme irrévocablement perdue. Il se jeta dans les montagnes du lac Majeur, s'arrangea pour harasser l'ennemi sur une étendue considérable, se laissant aller, non sans fondement, à l'espérance que s'il parvenait à prolonger cette guerre décousue, les Lombards débandés pourraient encore se rassembler autour de lui, et fournir une puissante force pour des opérations plus importantes.

Deux petits steamers autrichiens furent surpris dans le lac. Garibaldi y embarqua environ 1500 hommes, et parut inopinément à Luino (6), occupé par un corps considérable d'ennemis. Les ayant délogés de cette position,

il parvint, par une rapide et habile manœuvre durant la nuit, à gagner Morazzone, autre petite ville où il se proposait de tomber sur le général d'Aspre, campé avec 10,000 hommes de troupes à une courte distance.

Le projet fut éventé, et 5000 autrichiens, avec de l'artillerie, furent détachés pour opérer contre Morazzone, qui pendant onze heures soutint leur attaque. Le point du jour, cependant, révéla le nombre écrasant et les ressources des assaillans. Ne voulant pas soumettre les habitans aux horreurs d'on a saut, et le reste de la division d'Aspre qui avançait lui coupant la retraite, Garibaldi se détermina à évacuer la ville. Dispersant ses hommes en petits corps, et les dirigeant, tous vers le territoire du Piémont, tandis qu'un certain nombre trompait l'ennemi sur ses intentions en faisant sur le front un feu bien nourri, il réussit après une retraite épuisante et périlleuse à rassembler la totalité de sa colonne à Arona, sur la rive piémontaise du lac Majeur.

C'est ici une occasion de faire remarquer toute la fertilité du génie spécial de Garibaldi. A l'heure où nous écrivons ces lignes, le guerillero manœuvre dans les mêmes contrées où il manœuvrait il y a onze ans. Les Autrichiens connaissent le pays aussi bien que lui, si ce n'est mieux. Pas un pli de terrain n'est étranger à leurs chefs. Il semblait donc que l'expérience du passé dût les mettre pour le présent à l'abri de toute surprise. Mais où et quand cet esprit inépuisable a-t-il répété ses ruses ? Et qui jamais seulement a su la veille ce que Garibaldi ferait le lendemain ?

Il surprend aujourd'hui ses adversaires comme il les surprenait autrefois, et l'on peut être sûr que tant que durera la campagne, les Autrichiens iront d'étonnement en étonnement.

Pour fournir aux nécessités les plus pressantes de ses compagnons d'armes, manquant de pain et les habits en loques, Garibaldi fut obligé de s'adresser aux autorités municipales d'Arona. « 7,000 francs satisfirent les demandes de celui que les Autrichiens dans leurs proclamations dénonçaient comme un vaga-

bond et un maraudeur. » (7) Alors, convaincu que toute résistance ultérieure était impossible, il congédia sa légion et partit pour la Suisse.

L'intrépide soldat avait à peine traversé les Alpes, lorsqu'il tomba dangereusement malade de la fièvre-marais de Lombardie, qui avait fait dans les deux armées tant de milliers de victimes. Réagissant avec énergie contre les effets accablans de son mal, il poursuivit sa route jusqu'à Nice, et de là à Gênes, où, à bout de forces, il avait le dessein de se reposer pendant le reste de l'automne.

La confiance incessante de ses compatriotes lui refusa ce loisir. Privés de son épée, ils voulurent être servis par sa haute intelligence, la probité de son cœur, et son ardent amour de la liberté. Garibaldi « fut élu membre du parlement sarde, dans lequel il siégea parmi les adversaires du ministère; mais homme de main et non de discours, il parla peu ou point, et s'en alla bientôt. » (8)

Le commencement de novembre vit de nouveau Garibaldi en mouvement. Comme une concession tardive à son courage et à sa popularité universellement reconnus, un haut commandement lui avait été offert dans l'armée sarde. L'offre venait trop tard. Garibaldi déclina, alléguant que sa détermination était de consacrer ses services à Venise, étroitement investie par les Autrichiens, mais qui, néanmoins, continuait une résistance vigoureuse.

Parti de Gênes avec environ 250 volontaires, Garibaldi, poursuivant sa route vers l'Adriatique, était parvenu à Ravenne, quand la situation de Rome le fit renoncer au projet de se rendre à Venise, pour tourner ses pas vers la source de ses premières inspirations patriotiques.

Pour extrait : Mangin.

(La suite au prochain numéro.)

(7) *Chamber's Journal* : Garibaldi; second article.
(8) Giuseppe Riciardi : Profili biografici. Nizza, 1859.

PARTIE LITTÉRAIRE

DU PHARE DE LA LOIRE DU 6 JUILLET.

JOSEPH GARIBALDI.

(EXTRAITS D'UN OUVRAGE INÉDIT (*)).

XIV.

Mais le 15 novembre 1848, jour destiné à la réouverture du parlement.

La cité était taciturne et inquiète, mais ne montrait pas d'indices d'un tumulte prochain; seulement çà et là on voyait des groupes, dans lesquels on parlait avec dédain du ministre, avec crainte de l'avenir, avec exaltation de la constituante italienne, composée par Montanelli en Toscane. Le gouvernement avait fait des préparatifs qu'il résultait propre à prévenir le tumulte et suffisans pour le réprimer s'il naissait. Les officiers de police les plus sûrs étaient en mouvement; la troupe d'ordonnance aux casernes; les carabiniers sur pied et en armes. On dit que M. Rossi avait reçu, dans la matinée des lettres anonymes, lui donnant avis que sa vie était menacée; qu'une dame noble qu'un général polonais, qu'il a prière l'avertirent séparément des périls qu'il courait. Il aurait répondu à tous, qu'il ne pouvait s'abstenir d'aller au conseil; son devoir et lui préservant; qu'il y déclarerait ses intentions, et espérait les voir accueillies par l'assemblée; qu'il manifesterait des sentimens italiens; qu'il célébrerait les bienfaits de l'union et de l'indépendance nationale; qu'il confondrait ses adversaires et ses détracteurs; si un tumulte survenait, il serait promptement reprimé, et les coupables sévèrement punis....

» Arrivée l'heure accoutumée des séances parlementaires, le peuple commença à se rassembler sur la place de la Chancellerie, et peu à peu remplit les vestibules, les escaliers et les loges du palais. Un bataillon de garde civique était rangé sur la place; dans la salle peu de députés, et il fut noté que presque tous allèrent s'asseoir du côté gauche. Un carrosse entra dans le portique du palais, et de ce carrosse descendaient M. Rossi et son substitut Righetti. A la vue du ministre s'éleva un immense cri de réprobation; lui ne montra aucun signe de crainte; il fendit la presse avec un sourire dédaigneux, agitant un petit bâton qu'il tenait dans la main; la foule l'entourait en lui disant des injures; quand voilà briller un poignard, et M. Rossi s'évanouit et tombe par terre, versant une large veine de sang par une blessure qu'il a au cou. Relevé par M. Righetti, il n'articule pas une parole; il fut porté dans la chambre du cardinal Gazzoli, qui était au bout de l'escalier, et là, peu d'instans après, il expira.

» A ce coup donné par une main inconnue, succéda un silence profond de stupeur et de tristesse; les plus voisins, voyant le sang, se retirèrent; les milices restèrent immobiles; la foule s'éclaircit. Dans la salle du conseil on avait entendu le cri du peuple; puis rien autre; peu après court par les loges la nouvelle que le ministre est blessé: on voit une grande agitation; qui entre, qui sort, partout un chuchotement anxieux et bas, jusqu'à ce que le président Sturbinetti monte à son siége, et, comme si rien ne fût arrivé, ordonne qu'on lise le procès-verbal de la précédente séance; mais les députés, pensifs et consternés, peu à peu sortent tous; les loges se vident; la salle reste déserte (1). «

C'est le moment de faire intervenir le diplomate dont nous parlions il y a un instant. M. Leopardi, ancien ambassadeur de Naples près la cour de Turin, fut témoin de l'assassinat, et l'infortuné Rossi, dont il était l'admirateur et l'ami, mourut, pour ainsi dire, dans ses bras. Sa relation du crime ne diffère en aucun point essentiel de celle que nous venons d'exposer, mais Leopardi donne sur les instigateurs probables des détails personnels et circonstanciés qui sont de nature à changer toutes les idées reçues. Si jamais, ce que nous espérons, le livre où sont consignées ces précieuses révélations (2) vient à être traduit en français, les ultramontains qui ont osé avec tant d'audace accuser les républicains, verront qu'ils auraient été sages en garçant leurs diatribes et leurs calomnies pour une meilleure occasion. Nous ne voulons ici que protester contre tant de mauvaise foi. Suivre M. Leopardi dans les développemens qu'il donne à son enquête nous entraînerait loin, et la matière est trop grave pour qu'une analyse succincte puisse suffire.

Après le crime, le peuple, qu'on tenta vainement de soulever, resta étonné et muet. La ville éternelle, ni tumultueuse ou paisible, se trouva un moment plongée dans ce silence solennel qui suit les événemens considérables et imprévus. Le Quirinal était désert, comme il arrive aux cours dans les jours de malheur. Beaucoup de sanfédistes fuyaient, et les premiers, ceux qui avaient le plus assuré le pontife de leur cœur et de leur foi. Le pape, confus et abasourdi, appela MM. Minghetti et Pasolini, afin qu'ils constituassent promptement un nouveau ministère; mais aucun ne voulut assumer cette charge en de si difficiles conjonctures, avec un peuple maître de la cité et des troupes peu sûres; avec un prince ennemi de tout conseil quand il n'était pas sien, obstiné à vouloir rester neutre au milieu du frémissement de guerre qui agitait toute l'Italie. Il n'y avait plus de gouvernement. Des anciens ministres, le seul Montanari était resté en fonctions. Après des pourparlers inutiles pour constituer un nouveau cabinet, le peuple devint menaçant. Il déclara vouloir un ministère démocratique, et le vouloir sur le champ. Le pape fit remarquer aux ambassadeurs réunis autour de lui qu'il cédait à la force, et les pria de le faire savoir à leurs gouvernemens. Il manda ensuite le cardinal Soglia et lui ordonna de s'entendre avec Galletti, toujours chéri du peuple, pour le choix des ministres. En tête de la liste proposée, Galletti écrivit le nom de Rosmini; le pape fit effacer celui du napolitain Palicoti, et le nouveau ministère fut ainsi composé: l'abbé Rosmini, (3)

ministre de l'instruction publique et président du conseil; Mamiani, ministre des affaires étrangères; Galletti, ministre de l'intérieur; Cereni, ministre de grâce et justice; Sterbini, ministre du commerce et des travaux publics; Campello, ministre des armes; Lunati, ministre des finances. Galletti annonça au peuple ces noms, et aussi que le pape avait remis au parlement la délibération touchant la constituante italienne. En un clin d'œil le soulèvement cessa. La cité fut tout en fête. A la colère succéda la joie; au fracas des armes, les chants et les cris heureux.

Les Suisses, désarmés, furent expulsés du Quirinal; Galletti fut créé commandant général des carabiniers.

Dans le haut conseil, il ne fut pas dit un mot de ce qui était arrivé; dans celui des députés, un parti proposa de manifester au prince des sentimens de respect et d'affection; mais le prince de Canino parla contre, disant que le vrai et légitime souverain était le peuple; on applaudit, et la proposition fut rejetée.

Depuis longtemps Pie IX était résolu à quitter Rome, et il avait réclamé l'hospitalité du roi de Naples; le général Cavaignac lui avait fait offrir la France; l'Autriche demandait que le pontife la préférât; l'Espagne mettait à sa disposition les Baléares, ou la Péninsule, et tous les ambassadeurs conseillaient la fuite, chacun d'eux espérant l'emporter sur ses rivaux et faire ainsi chose agréable et utile à son gouvernement. Le soir du 24 novembre (1848), une petite porte depuis longtemps fermée et

---

(*) La reproduction et la traduction sont formellement interdites. — Voir nos numéros des 8, 15, 17, 22, 24, 28 juin et 1er juillet.

(1) G. La Farina; Storia d'Italia, vol. IV, p. 20 et 21.

(2) Narrazioni storiche di Pier-Silvestro Leopardi, con molti documenti inediti, relativi alla guerra del indipenza d'Italia e alla reazione Napoletana. Torino, 1856.

(3) Le lendemain, M. Rosmini, ayant consulté le pape, déclarait qu'il n'acceptait point le ministère, et monseigneur Muzzarelli le remplaçait.

clouée était ouverte; le pape, le cardinal Antonelli et monseigneur Stella, tous trois travestis, montaient dans une modeste voiture et sortaient inobservés du Quirinal et de Rome. Le duc d'Harcourt, complice de la fuite, restait dans les appartemens du pape, comme s'il eût été en colloque secret, et l'on tenait le palais éclairé jusqu'à l'heure accoutumée pour que le peuple ne se doutât de rien.

Lorsque l'ambassadeur de France crut la réussite du plan assurée, il sortit et court en toute diligence à Civitta-Vecchia, où il croyait trouver le pontife (4); mais les trois fugitifs, hors les murs de Rome, et dans un lieu convenu, s'étaient réunis au comte et à la comtesse Spaur (5); et galoppaient sur la route de Terracine à Gaëtte. Arrivés là, ils s'arrêtèrent dans une auberge. Le comte Spaur courut en toute hâte à Naples, portant au roi une lettre du pontife. Ferdinand partit aussitôt et vint, avec de grandes démonstrations de vénération et de respect, prier le saint-père d'agréer l'hospitalité dans son château de Gaëte. Le pape consentit, et Rome n'eut plus d'autre souverain que le peuple.

(4) On assure que le pape avait fait espérer au duc d'Harcourt qu'il se rendrait en France, mais après l'élection présidentielle. Jusque-là, il séjournerait dans quelque lieu neutre où le conduirait un navire français.

(5) Le comte Spaur, ennemi acharné de la liberté et de l'indépendance de l'Italie, aussi pauvre d'esprit et de doctrine que riche de malices, était ministre de Bavière à Rome. En l'absence de l'ambassadeur d'Autriche, il en remplissait les fonctions. Il eut l'habileté de jouer tous ses collègues.

XV.

Aucun mouvement notable dans les provinces n'avait suivi la fuite de Pie IX; le haut conseil et le conseil des députés siégeaient comme à l'ordinaire; une junte d'Etat provisoire et suprême, composée des sénateurs de Rome et de Bologne et du gonfalonier d'Ancône, exerçait toutes les fonctions appartenant au chef du pouvoir exécutif dans les termes du statut, et selon les règles et les principes du droit constitutionnel. » Le pontife lançait, sans nul danger, de Gaëte, des protestations et des brefs, lorsqu'on apprit que le général Cavaignac avait, le 27 novembre 1848, donné par le télégraphe l'ordre d'embarquer sur trois frégates à vapeur trois mille cinq cents hommes, et de les transporter à Civita-Vecchia pour assurer la liberté du pontife. » La surprise fut générale, non seulement à Ancône, mais dans toute l'Italie. On résolut aussitôt de protester, malgré le soin que prenait le chef du pouvoir exécutif de rassurer le peuple romain.

Le cri public et le besoin chaque jour plus impérieusement senti d'avoir une assemblée constituante qui pût pourvoir au salut commun, força la junte d'Etat, après un changement de ministère, à clore le parlement — 26 décembre —, qui n'avait plus de raison d'être et devenait un embarras. Le 29 décembre, un décret de la junte convoquait dans Rome une assemblée avec de pleins pouvoirs, dans l'objet de prendre telles délibérations qu'elle jugerait opportunes pour donner un ordre régulier, complet et stable à la chose publique. Les colléges électoraux furent convoqués pour le 21 janvier 1849. Le nombre des élus fut fixé à deux cents, en raison de deux pour chaque arrondissement électoral. Le suffrage était universel et direct. Etaient électeurs tous les citoyens de l'Etat de vingt-un ans accomplis, qui y résidaient depuis un an et n'étaient pas privés ou suspendus de leurs droits civiques par décision judiciaire. Pour être éligible, il fallait remplir les mêmes conditions et avoir vingt-cinq ans accomplis. L'élection se faisait au chef-lieu de l'arrondissement électoral; le scrutin était secret. Nul ne pouvait être nommé représentant du peuple avec moins de cinq cents suffrages. Chaque représentant du peuple recevrait une indemnité de deux écus par jour. L'assemblée s'ouvrirait à Rome le 5 février 1849.

On remarquera que dans ce décret, fidèlement résumé, il n'était pas dit un mot de république ni de pontife; aucune invitation n'était faite pour telle ou telle forme de gouvernement; le peuple avait pleine liberté de choisir qui il lui plairait, et seule l'opinion politique de ses élus indiquerait le régime qu'il préférait. En définitive, c'était le peuple qui allait prononcer sur son propre sort.

XVI.

Cependant les santédistes faisaient tous les efforts imaginables et mettaient tous les moyens en jeu pour provoquer la désunion des citoyens, exciter la guerre civile et empêcher les élections de l'assemblée constituante. Aucun de leur mauvais dessein n'aboutit. Les scrutins s'accomplirent avec ordre, avec calme, au milieu d'une jubilation universelle; et le plus grand nombre des élus se faisaient remarquer par l'honnêteté, par le jugement, par l'amour de la patrie. Macorata élut pour son député Joseph Garibaldi.

Le 5 février 1849, les députés de l'Etat romain, réunis au Capitole, se rendaient de là au palais de la Chancellerie, lieu assigné pour leurs séances. Armellini étant monté à la tribune, ouvrit l'assemblée par un long discours. Quand vint l'appel nominal, le prince de Canino, après avoir répondu, cria d'une voix retentissante : « Vive la république ! » Garibaldi se leva résolument et ajouta : « A quoi sert de perdre du temps en vaines cérémonies ? Différer d'un instant est un délit : Vive la république ! »

Ce cri fut répété avec exaltation par les députés et par le public, dont les loges étaient pleines; mais Sterbini interrompit les acclamations, disant que, dans une affaire aussi grave, on devait délibérer non sous l'impétuosité de la passion, mais avec la maturité du conseil. En conséquence, le reste du jour fut consacré à vérifier la validité des élections, et à la nomination du bureau.

La majorité des suffrages appela Galletti à la présidence de l'assemblée. Exemple rare parmi les hommes publics, Galletti n'avait vu sa popularité affaiblie ni par son passage dans plusieurs ministères, dont l'un était celui de la police, ni par de nombreux événemens de la nature la plus diverse. Et l'on sait que, tout récemment encore, les réfugiés italiens ont donné à l'honorable Galletti une haute preuve de leur estime et de leur sympathie.

L'assemblée commença, le 8 février, à s'occuper de ce qu'il y avait à faire dans les présentes conjonctures. Plusieurs orateurs parlèrent en faveur de l'établissement de la république, d'autres se prononcèrent en toute liberté contre ce système de gouvernement. Mamiani réclama qu'on mit aux voix sa proposition, ainsi conçue : « L'assemblée déclare » qu'elle remet à la constituante italienne de » décider de l'organisation politique de l'Etat » romain. » Le scrutin rejeta la proposition, et celle de M. Rodolphe Audinot, demandant du provisoire, fut également repoussée. On mit alors aux voix une proposition de M. Filopanti, de Bologne, qui posait nettement la question entre les partisans et les adversaires de la démocratie. L'appel nominal constata que cent quarante-deux représentans du peuple étaient présens. Cinq votèrent contre la déchéance du pape; vingt-deux contre la république, déclarant qu'ils votaient ainsi, non par aversion du régime républicain, mais par des raisons d'opportunité; tous les autres se prononcèrent pour la république, et parmi eux les hommes placés à la tête du gouvernement.

Le pouvoir temporel du pape aboli, et le gouvernement démocratique fondé, notre héros avait mieux à faire que de s'occuper des lois et des règlemens publics. Nous allons le retrouver dans son véritable élément.

Pour extrait : MANGIN.

La suite au prochain numéro.

JOSEPH GARIBALDI.

EXTRAITS D'UN OUVRAGE INÉDIT (¹).

XVII.

Servir l'Italie sur le champ de bataille et donner sa vie pour la défendre, a toujours été la plus haute ambition de Garibaldi. En 1848 comme aujourd'hui, personne n'ignorait ce noble dessein ; aussi, dés son arrivée à Rome, vers la fin de novembre, le guerillero avait été immédiatement chargé de protéger le campement en plein air, défaut de vivres, rien la frontière de l'État, menacée par le roi de Naples. Son premier soin fut de fortifier Rieti, (1) où il fixa son quartier-général ; le second, d'exercer et discipliner les volontaires qui, au nombre d'environ 2,000, marchèrent sous ses étendards. Un officier supérieur de la république romaine définit, à cette occasion, la personnalité de notre héros.

Garibaldi, dit Pisacane, stationnait à Rieti, avec le grade de colonel. Son refus de se conformer aux réglemens auxquels toute l'armée était soumise le rendait un embarras pour es partisans du vieux système, et il était considéré comme plus nuisible qu'utile. Mais, doué de ce génie particulier donné à si peu d'hommes, pour se diriger dans les circonstances difficiles, et qui savent utiliser un élément quelconque, Garibaldi était considéré comme un être exclusif et précieux, si on l'employait de telle sorte qu'il ne sortît point de sa sphère. La commission de guerre, convaincue de cette vérité, en décrétant la formation de l'armée

(1) Ancienne *Reate*, ville des États de l'Église, chef-lieu de délégation, sur le Velino, à 45 kil. N.-E. de Rome. Les Français y battirent les Napolitains en 1798.

(¹) La reproduction et la traduction sont formellement interdites. — Voir nos numéros des 5, 15, 17, 22, 24, 28 juin, 1er et 6 juillet.

et en la divisant en deux corps, déclara le corps de Garibaldi corps de partisans indépendans de l'armée. Brave de sa personne, et du caractère le plus agréable, toujours sur la scène du combat, ordonnant les dispositions avec le plus grand calme, il était extrêmement cher à ses soldats. Son bel aspect, sa manière exclusive de se vêtir, toutes ses habitudes, en un mot, l'avaient environné d'un prestige inouï.

Quoique remis à peine de sa réccente maladie, Garibaldi ne se donna aucun repos dans ses efforts pour habituer sa troupe à supporter la fatigue et à braver les périls. On le vit parcourir les montagnes adjacentes, dans la rigueur de l'hiver, pendant plusieurs jours de suite, et encourageant par son exemple ses volontaires à endurer le froid et la faim sans se plaindre. Marches forcées, étapes sans fin, campement en plein air, défaut de vivres, rien ne manqua à la colonne pour l'aguerrir.

Ainsi se passèrent pour Garibaldi, sauf une excursion à Rome pour acclamer la république, les premiers mois de l'année 1849, tandis que la condition de l'Italie devenait chaque jour plus atroce et plus alarmante.

La Sicile, livrée à ses propres forces, était encore engagée dans une lutte violente contre Naples ; Venise continuait a se défendre, ne cessant d'implorer le Piémont et la République française de venir à son aide. La Lombardie, sous la loi martiale la plus stricte, avec de fortes garnisons dans toutes les villes, ses citoyens les plus riches et les plus dignes ruinés et proscrits, était enveloppée dans les ténèbres d'un esclavage sans espoir, et Charles-Albert allait voir de nouveau l'étranger briser ses héroïques efforts en faveur d'un peuple opprimé. Un corps d'Autrichiens s'avançait pour subjuguer Bologne et les marches d'Ancône ; le roi de Naples menaçait d'envahir l'État romain ; l'Espagne avait promis son appui au pontife, et les envoyés de la France, n'exigeant de Gaëto aucune garantie sérieuse, engageaient de plus en plus leur pays dans une entente avec Naples, l'Autriche et l'Espagne, pour le rétablissement pur et simple, à Rome, de la domination cléricale.

XVIII.

Le 29 mars 1849, à la nouvelle inattendue de la défaite de Novare, la Constituante romaine se réunit en séance secrète. L'agitation fut grande, et divers furent les avis. Les uns étaient pour envahir le royaume de Naples, pendant que la guerre bouillonnait encore en Sicile ; d'autres auraient voulu courir en Lombardie ; personne ne pouvait se persuader que toute espérance fût perdue. Après avoir introduit, sur sa demande, Valerio, qui parla pour le Piémont, et avec lui les envoyés de Venise et de Toscane, l'assemblée délibéra qu'elle concourrait par tous les moyens à la guerre de l'indépendance ; ordonna le départ dans la nuit même de toutes les troupes disponibles pour le Piémont, et concentra le pouvoir exécutif dans un triumvirat, composé de Mazzini, de Saffi et d'Armellini, auquel triumvirat elle conféra des pouvoirs illimités pour la guerre de l'indépendance et le salut de la patrie.

Des conférences sur les affaires de Rome s'ouvrirent à Gaëto le 1er avril, entre le cardinal Antonelli, qui eut la présidence. Étaient présens : pour la France, MM. d'Harcourt et de Rayneval ; pour l'Autriche, le comte Esterhazy ; pour l'Espagne, Martinez de la Rosa; pour Naples, le comte Ludolf. Enorgueilli par la dernière victoire de son maître, l'envoyé d'Autriche, si humble auparavant, émit des prétentions qui révoltèrent ; le cardinal Antonelli réclama ouvertement que le pape fût restauré, sans conditions, dans sa domination temporelle. Des intrigues furent nouées dans l'état pontifical et ailleurs ; les constitutionnels de Rome, trompés par plus habiles qu'eux, commencèrent une guerre sourde contre la République, et aplanirent les voies à la réaction, croyant préparer la liberté.

Les triumvirs avaient reconstitué le ministère (2). La Constituante créa pour environ

(2) Restèrent ministres : Rusconi, pour les affaires étrangères ; Manzoni, pour les finances ; Lazarini, pour la grâce et justice ; Monecchi, pour le

deux cent cinquante mille écus romains de bons du trésor. Les députés chargés de cette mission importante, soumirent un projet de Constitution. L'assemblée adressa un manifeste aux parlemens d'Angleterre et de France afin de montrer les inconvéniens et les dangers d'une restauration papale, et de réclamer pour la nouvelle république des secours et des conseils. Resserrer les liens d'amitié qui devaient désormais unir tous les peuples libres, telle était la noble ambition de l'assemblée romaine.

Mais sa demande trouva les majorités des deux parlemens peu sympathiques, tant on avait en l'art de les égarer. Tout ce que les sanfédistes et la cour de Gaëte trouvèrent d'instrumens dociles ou empressés pour faire triompher la domination cléricale est vraiment incroyable. L'un des résultats d'aussi perséverans efforts fut la demande par le gouvernement français à l'Assemblée nationale, 6 avril 1849, d'un crédit pour l'expédition de Rome. Toutefois, le président du conseil eut soin de faire remarquer que l'entreprise n'avait d'autre but que les intérêts de la France et la cause de la vraie liberté. Et sur l'insistance de Jules Favre et d'Emmanuel Arago, qui voulaient obtenir des explications plus nettes, M. Odilon Barrot ajouta : « Nous n'irons point en Italie
» pour imposer un gouvernement aux Italiens,
» soit républicain ou autre. Il faut qu'il n'y
» ait point d'équivoque à cet égard : Nous
» n'emploierons les forces de la France que
» pour sauver la République romaine de la
» crise fatale qui la menace. » Ledru-Rollin, Schœlcher, le général Lamoricière voulurent réclamer des déclarations catégoriques, touchant certaines éventualités possibles ; les ministres se turent, les ultramontains firent du bruit, et le crédit fut voté à la majorité de 395 voix contre 284.

Le général Oudinot fut nommé commandant en chef de l'expédition.

commerce et les travaux publics ; Sturbinetti prit l'instruction publique ; Berti Pichat l'intérieur, qui, par sa démission, passa dans les mains d'Accursi. Le ministère de la guerre fut dirigé par une commission nommée par l'assemblée.

Le ministre des affaires étrangères recommandait au général de s'entendre avec MM. d'Harcourt et de Rayneval, dont les sentimens étaient connus, et tout ce que ses instructions contenaient de plus rassurant, c'est qu'il y parlait pour Rome de « l'ordre dans la liberté, » mots élastiques et qui peuvent se prêter à toutes sortes d'interprétations. Aussi, lorsque, 20 avril 1849, le général Oudinot eut fait une proclamation à ses soldats, le prince de Schwarzenberg écrivait de Vienne au comte Colloredo, à Londres, que sans doute il aurait désiré voir attendre l'issue des conférences de Gaëte pour que les quatre puissances concourussent ensemble et d'accord au rétablissement du Saint-Père ; mais que la France ne pouvant avoir un but différent de celui de l'Autriche, l'Espagne et Naples, il n'y avait point de conflit à craindre. Et le pape, dans une très longue allocution prononcée au consistoire secret de Gaëte du 20 avril 1849, montrait en la France la même confiance que l'Autriche.

La délibération de l'assemblée nationale fut reçue à Rome le 24 avril. Le même jour une frégate entrait dans le port de Civita-Vecchia, et de cette frégate débarquaient M. de Latour-d'Auvergne, secrétaire de légation ; M. Espivent, aide-de-camp du général Oudinot, et M. Durand de Villers, aide-de-camp du général Regnaud, chargés de remettre à M. Manucci, gouverneur de Civita-Vecchia, une lettre signée : « Le général commandant en chef, représentant du peuple, Oudinot de Reggio. » Ce qui suivit à dater de ce moment serait trop long à raconter. On doit se rappeler les vigoureuses attaques qui assaillirent le ministre lorsque l'assemblée eut connaissance des faits, et le vote mémorable qui motiva l'envoi de M. Ferdinand de Lesseps à Rome, chargé d'une mission spéciale.

Nous passerons maintenant d'un trait aux évènemens qui ne peuvent s'omettre dans une vie de Garibaldi.

Pour extrait : MANGIN.

La suite à un prochain numéro.

Nantes, Imp. de Mme Mangin.

PARTIE LITTÉRAIRE
DU PHARE DE LA LOIRE DU 14 JUILLET.

JOSEPH GARIBALDI.
EXTRAIT D'UN OUVRAGE INÉDIT (*).

XIX.

Le 28 avril 1849, la Constituante romaine, pour montrer qu'elle ne se défiait pas de la nation française, approuvait un décret de la teneur suivante :

« Les étrangers et notamment les Français demeurant paisiblement dans Rome, sont placés sous la sauvegarde de la nation. Sera considéré comme coupable de lèse honneur romain quiconque se proposerait de leur faire outrage ou de les molester. Le gouvernement veillera à ce qu'aucun d'eux ne transgresse les lois de l'hospitalité. »

Deux jours après l'approbation de ce décret, Rome recevait l'avis que les Français s'avançaient. A cette nouvelle, des moyens de défense furent concertés en toute hâte et le triumvirat rappela Garibaldi de la frontière, quoique l'impression la plus répandue fût que le général Oudinot n'en viendrait point aux hostilités.

On a vu que le guerillero, malgré lui, et sur la clameur publique, s'était laissé nommer général à Montevideo. Jamais grade mieux acquis, puisqu'il était le prix des plus grands services rendus comme commandant en chef. Cependant, tel est le peu d'importance que notre héros attache à ces sortes de choses, qu'il n'avait pas hésité à servir Rome avec le titre de colonel ; mais, au moment où il pouvait avoir à soutenir, avec sa légion, le plus grand effort du combat, un nouveau titre paraît indispensable, et le ministre de la guerre Avezzana promut Garibaldi général (1).

(*) La reproduction et la traduction sont formellement interdites. — Voir nos numéros des 9, 15, 17, 22, 24, 28 juin, — 6 et 8 juillet.

(1) Le colonel Pisacane dit que le titre de général ne fut conféré à Garibaldi qu'après l'affaire du

Le voilà donc, pour la seconde fois, en possession de ce grade, conféré régulièrement. Il l'obtiendra une troisième, comme pour mieux montrer son droit aux étoiles sur ses épaulettes.

Les troupes romaines étaient ainsi ordonnées et disposées : la première brigade, commandée par le général Garibaldi, occupait hors des murs cette ligne qui s'étend de la porte Portesa à la porte San-Pancrazio ; la seconde, commandée par le colonel Masi, était rangée devant la porte Cavallegieri, le Vatican et la porte Angelica ; la troisième, qui se composait de deux régiments de dragons, se tenait en réserve sur la place Navona, sous les ordres du colonel Savini ; le colonel Galletti tenait la quatrième en réserve, à la Chiesa-Nuova et à la place Cesarini ; le général Galletti avec les carabiniers et le major Manara avec les volontaires lombards se tenaient prêts à accourir où le besoin l'exigerait.

L'extrémité où se trouverait bientôt Garibaldi d'avoir à combattre contre les Français, ne fut pas la circonstance la moins douloureuse de sa vie.

Le 30 avril, l'armée française, divisée en deux colonnes, s'approcha de la porte Cavallegieri et de la porte Angelica. Le lieu de réunion, désigné par le commandant en chef, était la place San-Pietro. Les Français occupèrent deux maison près de la villa Pamphili et de là ouvrirent un feu vif de mousqueterie et d'artillerie. Garibaldi les assaillit de flanc avec une grande impétuosité, les rompit et leur fit trois cents prisonniers. Puissamment secondé par l'artillerie, que dirigeait le colonel Calandrelli, le colonel Masi n'était pas moins heureux. Le combat avait commencé à six heures du matin. Il dura sept heures sans que le général français ordonnât aux siens de se retirer. Il finit par l'épuisement de nos soldats à soutenir une lutte si longue.

30 avril ; mais La Farina lui fait commander une brigade dans cette journée même, et lui donne le titre de général.

L'armée française se retira à Palo, sur la route de Civita-Vecchia. Garibaldi se mit à la poursuite ; mais il fut arrêté dans sa marche par les ordres du triumvirat. Rome célébra cette victoire par de grandes démonstrations d'allégresse. Les prisonniers français furent accueillis et traités comme des frères. (2) Quant aux blessés, les soins qu'ils reçurent méritèrent aux Romains les remercîmens du commandant en chef de l'armée française, ainsi qu'il résulte d'une lettre publiée par M. de Lesseps, dans son mémoire au conseil d'État. (3)

Le 2 mai, le triumvirat annonçait que les troupes napolitaines avaient envahi le territoire de la république ; et le 7, que le territoire de la république était encore envahi par les Autrichiens et les Espagnols. Les Napolitains s'approchaient de Velletri ; les Espagnols étaient débarqués à Fiumicino ; les Autrichiens menaçaient Bologne ; les Français stationnaient à Castel-Guido.

Des dispositions qui furent prises par la ré-

(2) G. La Farina, Storia d'Italia, vol. IV, page 451-55.

(3) *Le général Oudinot à M. de Lesseps.*
Au quartier-général de la Villa Santucci, le 20 mai.
M. LE MINISTRE PLÉNIPOTENTIAIRE.
Les soldats français blessés dans le combat du 30 avril, ont reçu, à Rome, des soins aussi éclairés que dévoués. Je suis profondément reconnaissant de cette bienveillante sollicitude pour mes compagnons d'armes.
J'apprends que le service des hôpitaux de l'armée romaine est susceptible de certaines améliorations déjà introduites dans nos armées. Interprète des sentimens humanitaires de mon gouvernement, je vous prie de vouloir bien offrir, en son nom, au service de santé de l'armée romaine, la maison d'ambulance que je fais diriger sur la capitale à cet effet.
Je désire que les soldats dont nous avons été les adversaires trouvent dans cette offre un témoignage particulier d'estime et de sympathie.
Recevez, je vous prie, etc.
Le général commandant en chef,
OUDINOT DE REGGIO.
Cette lettre est extraite textuellement du mémoire cité, page 120.

publique romaine pour résister à la quadruple invasion, nous rapporterons seulement celles qui touchent à notre sujet.

Le gouvernement français, en donnant certaines instructions, et le général Oudinot, dans son attaque, étaient loin d'avoir prévu la vigoureuse résistance des Romains. Lorsque la nouvelle de la journée du 30 avril parvint à Paris, il y eut à l'Assemblée nationale une séance des plus orageuses—7 mai—dont le résultat fut un « vote imposant au ministère l'obligation de ne pas faire détruire par nos armes la république romaine (4). » M. de Lesseps se trouvait à Paris depuis très peu de jours, et il était destiné à la légation de Rome. Le vote de la Constituante changea les dispositions du ministère. M. Drouin de Lhuys crut utile d'envoyer M de Lesseps à Rome, et M. le président du conseil lui recommanda— 8 mai — de *le sauver d'une mise en accusation sérieuse.* (5)

Dès son arrivée à Rome, M. de Lesseps employa toute son activité à éloigner de nouvelles collisions, et le résultat de ses efforts fut la continuation d'une trêve que la force des choses avait commencée avant son arrivée. Pendant cette suspension d'armes, le général Oudinot renferma ses « opérations dans la partie du territoire qui avait Civita-Vecchia pour base », tandis que les troupes romaines, s'occupant d'autres adversaires, purent se porter partout où elles crurent « qu'il était de leur intérêt de le faire. » (6)

XX.

Les Romains, ayant encore les Autrichiens un peu à distance, et dédaignant de combat-

(4) Réponse de M. F. de Lesseps au ministère et au conseil-d'État. Août 1849. Paris ; Amyot, in-8°, page 12.

(5) Ibid., page 5.

(6) Notes officielles échangées entre le gouvernement de la République romaine, et M. de Lesseps, ministre plénipotentiaire, envoyé extraordinaire de la République française à Rome. Paris, imprimerie de Cosse et J. Dumaine, 1849, in 8°, page 49.

tre les Espagnols en marche par l'Ombrie supérieure, délibérèrent d'assaillir les Napolitains qui, forts de 20,000 hommes sous le commandement du roi, occupaient Albano, Velletri et Palestrina, et s'avançaient sur Rome. Garibaldi, avec un petit corps de troupes légères d'environ 3 à 4,000 hommes, fut chargé de reconnaître leurs positions. Il s'arrêta d'abord à Palestrina, et, conformément à son système favori, il envoya des détachemens dans toutes les directions pour explorer le pays. Se frayant une voie à travers les villages occupés par les Napolitains, mettant leurs compagnies détachées en fuite et faisant plusieurs prisonniers, les Romains s'acquittèrent, à la satisfaction de leur chef, de leur premier essai dans ce genre de guerre. Garibaldi attendit avec confiance le lendemain, prévoyant qu'une division de 7,000 hommes, campée non loin de Palestrina, s'avancerait pour l'attaquer. Son espoir ne fut point déçu. Dans la matinée du 9 mai, on vit les Napolitains marcher en bon ordre vers les Romains ; mais à peine en fut-on venu aux mains, qu'ils rompirent leurs rangs, et, malgré leur grande supériorité numérique, moins de trois heures suffirent pour leur défaite totale.

Cette facile victoire est principalement attribuée à la terreur que le nom de Garibaldi inspirait aux Napolitains. Des prisonniers avouèrent qu'il était généralement signalé comme un diable plutôt qu'un homme. Tout dans la superstition de ce peuple contribuait à favoriser une aussi absurde croyance, et la tunique écarlate surtout, portée par le commandant et ses légionnaires, était regardée comme un emblème d'alliance avec les puissances du mal.

Nous avons déjà donné un portrait de Garibaldi par Pisacane ; en voici un autre, extrait d'un ouvrage exclusivement consacré au guerillero, et qui se rapporte à l'époque où le présent récit est parvenu :

« Stature moyenne, poitrine profonde et large

d'épaules, la structure de Garibaldi est jetée dans un moule de fer, combinant l'agilité avec la force. Il y a quelque chose de *statuesque* dans l'apparence de sa tête, avec son large front, ses traits réguliers et ses longs cheveux flottans qui se confondent avec sa barbe, dorée comme eux. La profonde expression de ses yeux, pensifs et néanmoins perçans, complète le caractère d'une personnalité qui inspire un mélange de respect et de confiance à la fois. (7) »

Le jour qui suivit sa victoire, Garibaldi resta campé dans les prairies environnant Palestrina. Ensuite, voyant que les Napolitains ne montraient aucune disposition pour renouveler l'attaque, il soupçonna qu'il pourrait être projeté entre eux et les Français d'essayer ensemble de surprendre Rome pendant son absence. Il prit alors la résolution d'accourir sans délai pour la secourir. Dans la soirée du 10 mai, ses hommes commencèrent à se mettre en marche. Passant à moins de deux milles de l'ennemi, et s'avançant par des chemins détournés les plus impraticables, ils parcoururent une distance de vingt-huit milles sans s'arrêter un seul moment. Ils étaient à peine rentrés dans Rome, lorsque, sur une alarme donnée, on les envoya occuper les avant-postes de Monte-Mario, où ils restèrent durant quatre jours.

Cependant, l'arrivée de M. de Lesseps comme envoyé extraordinaire de France, fit disparaître un moment toute crainte d'une agression soudaine de la part du général Oudinot. Les Romains furent donc libres de nouveau de tourner leur attention vers les Napolitains.

XXI.

L'armée républicaine avait pour général en chef le romain Pierre Roselli, qui, après avoir commencé sa carrière dans les troupes papales, était ensuite rentré dans la vie privée par le dégoût que lui inspirait le régime clérical. Ardent et honnête citoyen, Roselli était pourvu de grandes connaissances militaires. Il conce-

(7) Biografia di Giuseppe Garibaldi, compilata da G.-B. Cuneo, deputato.

vait sur le papier un plan de campagne, indiquait les progrès d'un siège avec la précision d'un traité ; mais dans la pratique, où à toutes les règles traditionnelles il fallait substituer ses propres conceptions, Roselli, quoique intrépide au feu, devenait incapable de faire la plus minime disposition, et il acceptait les conseils et les suggestions d'un individu quelconque. La longue solitude du cabinet où toutes ses notions avaient été acquises, la vie retirée dans laquelle il avait toujours vécu, le rendaient entièrement novice dans la connaissance des hommes. Il avait d'ailleurs si peu de fermeté dans le caractère et il était dominé par un tel esprit de conciliation, qu'il sacrifiait ses connaissances étendues, son amour-propre, le décorum de sa charge, à la crainte de déplaire ou de froisser les susceptibilités d'autrui. « L'ensemble de sa personne, sa manière réservée de s'exprimer, son visage absolument dépourvu d'énergie, sa mise négligée, enfin, tout concourait à lui refuser ce prestige et cette auréole indispensables à un général en chef. » (8) Si l'on rapproche de ce portrait celui que nous avons donné de Garibaldi, on verra qu'il serait difficile de trouver une opposition plus marquée entre les deux généraux.

Les Romains envoyèrent contre les Napolitains, qui continuaient d'occuper Albano, Velletri et Palestrina, cinq brigades d'infanterie, une de cavalerie et douze pièces de canons. L'ensemble de ces forces composant un corps d'environ 14,000 hommes, formé avec les détachemens épars qu'on avait pu rappeler des provinces, prit la direction de Monte-Fortino, menaçant toutes les communications ennemies. On avait songé à donner le commandement en chef à Garibaldi ; mais le guérillero, avec sa modestie habituelle, déclina cet honneur, alléguant son peu de connaissances scientifiques dans l'art de la guerre. Il demanda de préfé-

(8) Carlo Pisacane : *Rapido cenno sugli ultimi avvenimenti di Roma.* In-8°. Losanna, 1849.

rence un poste secondaire. La petite armée fut alors placée sous les ordres suprêmes de Pierre Roselli. Néanmoins, telle était l'influence du nom de Garibaldi, qu'on le considérait virtuellement comme chef des troupes, de même qu'on l'avait toujours regardé comme le bras droit de la défense de Rome.

L'avant-garde, après une marche rapide, campa le 16 mai sur les collines qui défendent les routes de Palestrina et d'Albano. L'ennemi connut ces mouvemens et concentra ses forces à Velletri, où était le roi. Il fut résolu alors d'occuper sans retard Monte-Fortino ; mais l'insuffisance des moyens de transport retarda la distribution des vivres, et par là le progrès en avant des troupes. Cependant, le soir du 19, l'avant-garde occupa Monte-Fortino ; le corps de bataille, formé des seconde et troisième brigades, campa entre Monte-Fortino et Valmonte ; la quatrième brigade, la cavalerie et l'artillerie se tinrent en reserve à Valmonte. Le 20 au matin, l'avant-garde se mit en mouvement vers Velletri ; mais le corps de bataille, par le même désordre des vivres, différa plus qu'il n'aurait dû et resta trop loin. L'avant-garde, commandée par le colonel Marocchetti, et avec laquelle se trouvait Garibaldi, prit position à un mille de Velletri pour attendre le reste des troupes. Les Napolitains ne leur donnèrent pas le temps d'arriver. Un escadron de cavalerie et une colonne d'infanterie partirent de la ville et vinrent attaquer les républicains. Ils furent si vivement reçus, que bientôt après ils rentrèrent honteusement dans la ville, malgré la supériorité de leurs forces, après avoir perdu bon nombre de tués ou blessés et laissé des prisonniers aux mains de leurs adversaires.

A quelques heures de là arriva la cavalerie romaine, et ensuite la troisième brigade commandée par le colonel Galletti. La cité fut investie par les républicains ; mais elle était environnée d'un fossé large et profond, et l'artillerie napolitaine fulminait vigoureusement

de la hauteur des Capucins, située au-dessus du camp. Un assaut fut tenté en vain, et la nuit survenue mit fin au combat.

Vers deux heures du matin, quelques volontaires désignés pour faire une reconnaissance se glissèrent au-dessous des remparts. Le complet silence qui régnait les étonna. Ils ouvrirent les portes et trouvèrent la ville avec toutes les apparences d'un désert. Quelques traînards furent faits prisonniers, et bientôt après les habitans sortirent joyeusement de leurs maisons. Les uns et les autres racontèrent les particularités de ce soudain abandon. Les Napolitains avaient commencé leur retraite, leur fuite devrions-nous dire, la nuit à peine venue. La vigoureuse chasse du matin avait jeté les troupes dans une telle panique qu'aucune exhortation ne put les persuader d'affronter de nouveau le redouté Garibaldi. Il résulta de ce refus un danger pressant pour Ferdinand II. On affirme qu'il serait tombé dans les mains de son adversaire, « s'il avait différé sa retraite d'une heure seulement. » (9).

Ce fait d'armes n'avait coûté aux Romains qu'environ cent hommes tués ou blessés. La perte de l'ennemi fut beaucoup plus considérable. Mais le principal résultat de la victoire, ce fut que deux jours après l'armée entière des Napolitains avait repassé les frontières. Le roi Ferdinand avait cru avoir bon marché des jeunes milices de la république ; il ne recueillit que la honte d'une défaite, à nombre fort inégal.

Garibaldi se mit à la poursuite des Napolitains ; mais ils fuyaient si vite que, malgré son agilité, il ne put les atteindre. Alors, le guérillero rejoignit la colonne, dont la moitié avait avec lui déblayer la province de Frosinone des bandes armées de Zucchi, l'un des plus zélés adhérens du gouvernement papal.

Les applaudissemens avec lesquels furent

(9) S. Ricciardi, la *Libre recherche.*

reçus les soldats de la république, les bénédictions chaleureuses qui les accueillirent, furent des preuves convaincantes que toute forme de gouvernement qui pourrait délivrer les sujets pontificaux de leur ancien jourg serait saluée par une cordiale bienvenue.

A Rocca-d'Arce, forte position située sur une montagne escarpée, les républicains trouvèrent, ce qui n'était pas commun, que la garnison avait fui précipitamment à leur approche, laissant la route semée de sacs et de capotes. Ils ne furent pas moins étonnés de voir que les habitans du village voisin avaient aussi déserté leurs maisons. Un tel manque de confiance indigna les soldats ; mais, grâce aux chaudes admonitions de Garibaldi et aux excellentes paroles du père Ugo Bassi, le chapelain de la légion, cette indignation n'eut pour le pays aucune conséquence fâcheuse. Pas un acte de pillage n'eut lieu, pas une porte ne fut forcée ; et les hommes, mettant leurs armes en faisceaux, s'assirent en rond sur la place. Bientôt, les habitans qui, de leurs retraites sur les hauteurs environnantes, avaient anxieusement surveillé les mouvemens des envahisseurs, observant cet admirable esprit d'ordre et de retenue, se précipitèrent pour les accueillir, ouvrirent leurs boutiques et leurs maisons, et en peu de minutes le village avait repris son activité accoutumée. Les villageois relatèrent alors plusieurs des craintes superstitieuses que les Napolitains leur avaient inspirées, Garibaldi et ses légionnaires jouant, comme toujours, un rôle considérable dans le programme des terreurs.

Poursuivant sa course avec des succès constans, et approchant rapidement de la frontière napolitaine, Garibaldi méditait, paraît-il, d'envahir cet Etat, où il espérait effectuer un soulèvement populaire contre le roi, lorsqu'il fut en toute hâte rappelé à Rome.

Pour extrait : MANGIN.

La suite à un prochain numéro.

JOSEPH GARIBALDI

EXTRAITS D'UN OUVRAGE INÉDIT (*).

XXII.

Des dissentimens dont la vraie cause serait délicate à expliquer, avaient séparé presque dès les premiers jours M. de Lesseps et le général Oudinot. Pour le malheur de la république romaine, il résulta de leur division que le militaire agit bientôt en sens contraire du diplomate. L'extrait d'une lettre, écrite le 23 mai 1849, par le ministre plénipotentiaire de France au commandant en chef de l'expédition de Rome, fera juger du caractère que finit par prendre le débat.

... « Comme ma mission ne peut pas s'exercer si je suis tiraillé de tous côtés, je suis tout à fait disposé à déclarer aux autorités de Rome que je ne retirerai au quartier-général si, d'ici à huit jours, une solution ne nous est pas présentée, soit par l'acceptation de nos premières propositions, soit par un contre-projet qui en changerait la forme sans en dénaturer l'esprit.

» Quant à des illusions, je n'en ai d'aucune espèce, je m'attends à tout de la part de tout le monde, et je sais parfaitement résister à toutes les insinuations officieuses qui auraient pour but de me faire dévier de la ligne que j'ai adoptée.

(*) La reproduction et la traduction sont formellement interdites. — Voir nos numéros des 9, 15, 17, 22, 24, 28 juin, 1er, 6, 8 et 13 juillet.

» L'honneur militaire m'est aussi cher qu'à vous-même, monsieur le général, mais je tiens aussi grand compte des instructions écrites et verbales de mon gouvernement et de l'opinion publique de la France. Voulez-vous, oui ou non, entrer dans Rome par la force, et commencer l'attaque sans y être provoqué et sans ordres formels? Une fois aux portes de Rome dont vous aurez détruit les murailles à coups de canons, comment occuperez-vous la ville?

» Faut il prévenir dès à présent les familles françaises établies à Rome qu'elles peuvent se retirer, si elles craignent les conséquences d'une prochaine rupture? et prendrez-vous sous votre responsabilité les conséquences qui résulteraient pour elles du sang versé, afin d'obliger, par la force, un peuple à se faire protéger (1)? »

Les orages qui s'étaient amoncelés disparurent un moment, mais pour devenir bientôt plus chargés que jamais; si bien que M. de Lesseps informa le ministre des affaires étrangères qu'il devait considérer sa mission comme étant terminée ou tout au moins suspendue. Il faisait déjà ses préparatifs de départ, lorsque M. de Gerando, chancelier de l'ambassade de France à Rome, lui remit ouverte, de la part du chef de l'état-major de l'armée française, une dépêche conçue en ces termes:

« Paris, 29 mai 1849, 4 heures du soir.

» Le ministre des affaires étrangères à M. de Lesseps,
à Rome.

» Le gouvernement de la République a mis fin à votre mission.

» Vous voudrez bien repartir pour la France aussitôt que vous aurez reçu cette dépêche. »

M. de Lesseps quitta le 1er juin la ville éternelle, et arrivé le 5 à Paris, il y apprit que l'ordre de son rappel avait été accompagné d'un autre ordre prescrivant au général Oudinot d'entrer à Rome de vive force.

(1) Mémoire présenté au Conseil d'État. — Exposé des faits relatifs à la mission de M. Ferdinand de Lesseps à Rome, mai 1849. De l'imprimerie de Crapelet, 1 vol. in-8°, p. 36 et 37.

XXIII.

Le général Roselli avait réclamé, le 12 juin, du général Oudinot une trêve de quelques jours, pour avoir le temps d'agir contre les Autrichiens, qui, la Toscane occupée, rassemblaient l'élite de leurs forces à Foligno et faisaient mine de s'avancer par la vallée du Tibre, pour se joindre aux Napolitains par les Abruzzes. Le général Oudinot répondit le même jour que les ordres du gouvernement lui prescrivaient d'entrer à Rome le plus tôt possible.

L'armée française était forte de trois divisions. La première, commandée par le général Regnault de Saint-Jean d'Angély, se composait de deux brigades commandées par les généraux Mollière et Morris; la première brigade comptait quatre bataillons d'infanterie et un bataillon de chasseurs à pied; la seconde, un régiment de chasseurs à cheval et un régiment de dragons. La seconde division, général Rostolan, avait une première brigade commandée par le général Charles Levaillont, composée de deux régimens d'infanterie, et une seconde brigade composée de la même manière, sous les ordres du général Chadeysson. La troisième division, dont le général Guesviller avait le commandement, comprenait les brigades des généraux Jean Levaillant et Sauvan, chacune desquelles était forte de deux régimens d'infanterie. Le génie, avec six compagnies de sapeurs, était dirigé par le général Vaillant; l'artillerie, avec quatre batteries de campagne et une de siège, obéissait au général Thiry. Un peu plus tard, l'armée reçut un renfort de quatre régimens d'infanterie, une batterie de douze, une compagnie de mineurs et une de pontonniers. Le général Oudinot avait ainsi sous ses ordres quarante-quatre bataillons d'infanterie, huit escadrons de cavalerie, trente-six canons de campagne et trente pièces de siège; en tout, trente-six mille hommes environ et soixante-six pièces d'artillerie.

Les Romains avaient dix-sept bataillons d'infanterie régulière, qui montaient à neuf mille quatre cents hommes; six mille six cents hommes d'infanterie irrégulière, divisée en douze corps; huit cent-quatre-vingt-dix hommes de cavalerie; treize cent-soixante-dix sapeurs, mineurs ou artilleurs: en tout, compris l'état-major et l'ambulance, dix-huit mille six cent-soixante-dix hommes, desquels seize mille quatre cent-soixante-cinq de l'État romain, dix-huit cent-soixante-quinze Italiens et trois-cent-vingt-huit étrangers. Il y avait dans Rome cent huit pièces d'artillerie, dont onze de gros calibre, trente-quatre de calibre moyen et cinquante-deux petites pièces; onze obus à peine; aucun mortier. De cette artillerie, près de trente pièces étaient incapables de service, vingt autres en mauvais état. Telles étaient les forces qui devaient défendre Rome, dont les murs ont vingt milles de circuit. (2).

D'après une communication du général Oudinot, mal comprise ou peu claire, les Romains ne s'attendaient à être attaqués que le 4 juin au plus tôt: ils le furent le 3. On comprendra la réserve qui nous est imposée sur un point aussi délicat. Notre récit va donc se borner à l'exposé succinct des événemens.

Le dimanche, à trois heures du matin, les avant-postes romains de la Villa-Panfili et de la Villa-Corsini, en dehors de la porte San-Pancrazio, furent, au milieu du sommeil, soudainement entourés et faits prisonniers par deux bataillons français. En même temps, dans une direction opposée, une brigade française surprenait Ponte-Molle, où elle rencontrait une vigoureuse, bien qu'inutile résistance. Comme au 30 avril, les cloches donnèrent presque aussitôt le signal d'alarme et les tambours appelèrent aux armes. Le peuple courut aux bastions; la légion de Garibaldi et le vaillant corps des volontaires lombards, se montrant aux portes, furent promptement engagés dans une lutte désespérée. Trois fois les positions contestées furent prises et perdues. Quoique très inférieurs en nombre et ne pouvant, l'action engagée, recevoir comme les Français des troupes fraîches, les Romains soutinrent la bataille seize heures durant.

Amis et ennemis se sont accordés à reconnaître que Garibaldi déploya dans ce terrible combat le courage le plus intrépide. Tantôt à la tête d'un bataillon pour une charge à la baïonnette, tantôt volant pour rallier ses hommes, s'il croyait apercevoir un symptôme de découragement, et s'exposant partout où les balles tombaient le plus épais; il ne cessa de montrer cette bravoure dont il avait déjà donné mille preuves, et qui est devenue proverbiale. On reproche seulement au guerrier d'avoir manqué, le premier jour, en quelques points, de la combinaison scientifique qu'auraient exigée ses opérations, en présence d'adversaires aussi redoutables que les Français.

Instruit par l'expérience, Garibaldi, le lendemain, modifia son plan d'action. Ne voulant pas exposer inutilement la vie des plus braves de ses soldats, qui tomberaient inévitablement les premiers dans un combat corps à corps, il prit la résolution de se borner à des sorties fréquentes, et à harasser les opérations des assiégeans par une canonnade continuelle du haut des murs. La canonnade fut, au bout de peu de temps, annulée par l'effet de notre propre artillerie, et la vigilance de nos soldats rendit les sorties inefficaces. Il en résulta que les Français gagnèrent chaque jour du terrain.

Pour extrait: MANGIN.

(La suite au prochain numéro.)

(2) La Farina: *Storia d'Italia*; vol. IV, p. 472, 473.

JOSEPH GARIBALDI.

EXTRAIT D'UN OUVRAGE INÉDIT (*)

XXIV.

Cependant les Autrichiens, violant les frontières de la république, se disposaient à fermer toute issue aux légions et à les attaquer le lendemain matin. Dans ce dessein, ils avaient demandé à Rimini une nouvelle artillerie et de nouveaux soldats.

Mais le gouvernement de Saint-Marin ayant eu connaissance de l'intention où était le général de congédier une bonne partie des siens, lui offrit de s'entremettre pour leur obtenir une capitulation honorable. Garibaldi accepta la proposition, réservant toutefois aux soldats la faculté de consentir.

La demande fut présentée au général en chef, provisoirement établi à Rimini par le régent de Saint-Marin lui-même. Gorgowcki imposa les conditions suivantes: tous les légionnaires déposeraient les armes près le gouvernement de Saint-Marin, et seraient libres de retourner chacun chez lui. *Garibaldi recevrait ensuite un passeport régulier et serai embarqué pour l'Amérique, dans un port de la Méditerranée.*

Ces bases indiquaient clairement que les Autrichiens croyaient Garibaldi dans l'obligation de recourir à leur pitié. Une capitulation pour lui-même était pourtant bien loin de ses idées. L'unique intention du guérillero en acceptant les propositions du gouvernement de Saint-Marin avait été d'assurer la retraite de

(*) La reproduction et la traduction sont formellement interdites. — Voir nos numéros des 9, 5, 17, 22, 24, 28 juin, 1er, 6, 8, 13, 15, 20, 25 27, 30 juillet, 6 et 12 août.

ceux qui, profitant de son ordre du jour, ne voudraient pas le suivre jusqu'à Venise. Et ceux-là même il s'en fallait qu'ils fussent les plus nombreux.

Le général réunit sur le champ autour de lui tous les officiers des légions, et leur fit connaître les conditions de l'Autrichien. La majorité les refusa.

« Persistons, s'écrièrent-ils, ouvrons-nous » un passage, de vive force s'il le faut; allons » à Venise. » Ce noble élan d'hommes élevés à l'amour de la patrie, préférant la mort à l'humiliation des vaincus, fut pour le capitaine de la liberté une compensation à bien des douleurs !

De toutes parts accouraient les partis ennemis pour occuper les issues de la petite terre de Saint-Marin. Plus de 10,000 hommes accumulés en un jour enfermèrent dans un cercle étroit ceux qui avaient eu la bonhomie de croire au respect des Autrichiens pour les neutres.

Il était minuit. Accablés par les longues veilles, le plus grand nombre des légionnaires étaient étendus et dormans sur le pavé des rues déjà encombrées de chevaux et de bagages. Garibaldi veillait. Assis sur une pierre, il examinait à la clarté d'une lanterne une carte topographique des environs, et de temps en temps interrogeait tour à tour trois villageois assis auprès de lui. Il accueillait avec son sang froid, habituel les relations les plus décourageantes sur le nombre et les positions de l'ennemi. Quelquefois il levait les yeux, et fixant au visage l'un des villageois, il semblait vouloir découvrir dans ses traits le mensonge ou la vérité. Il ne lut chez eux que l'étonnement du rôle qu'ils jouaient. La bonne foi de ces simples gens lui parut enfin évidente, et il les prit tous les trois pour guides.

Le guérillero comptait sur la réussite d'un mouvement furtif, exécuté avec célérité et de

nuit. Il gagnerait alors en toute hâte un port de l'Adriatique, et là, il prendrait le large et cinglerait vers Venise. Pour que ce projet s'affectuât, que fallait-il ? Sortir inaperçu du cercle dans lequel l'ennemi avait renfermé, et l'obstacle franchi, Garibaldi se fiait en son habileté pour tromper, à l'aide des guides, la vigilance des corps qui étaient en réserve à Rimini et à Cesena.

Tout-à-coup le général se leva, et comme un homme qui a pris une détermination décisive, il éveilla les adjudans et leur donna des ordres pour le départ immédiat.

« A qui voudra me suivre, ajouta-t-il, » j'offre de nouveaux combats, des souffrances, l'exil: un pacte avec l'étranger, jamais. » Et sans plus attendre il monta à cheval avec les guides, et se mit en chemin.

Les circonstances n'avaient pas permis de procurer des logemens à tout le monde; et c'est pourquoi nous avons vu une grande partie des soldats couchés sur le pavé des rues, parmi les chevaux et les bagages. Mais quelques-uns, plus heureux, s'étaient colloqués dans les maisons à l'insu de leurs chefs respectifs. Ceux-là ne purent entendre ni recevoir l'ordre de départ. D'autres, se fiant au traité proposé par l'ennemi, étaient résolus d'accepter le congé du général. Ces deux causes firent que Garibaldi ne fut pas suivi par plus de 200 officiers ou soldats.

La petite troupe avait levé le pied depuis deux heures lorsqu'on apprit son départ dans le camp autrichien. Cette étonnante nouvelle fut expédiée aussitôt à Rimini. On se ferait difficilement une idée de la rage qu'éprouva Gorzgowski de voir le guérillero lui échapper, si une proclamation adressée par lui aux habitans n'était là pour nous l'apprendre. Aussi plein de fiel dans son langage que brutal dans ses actes, le général autrichen menaçait de fusiller sur le champ quiconque donnerait

Peau, le pain et le feu ou à Garibaldi ou aux siens. Il traitait la petite colonne *de bandits et de malfaiteurs échappés à la corde*; et comme on aurait pu ne pas reconnaître à ce signalement une poignée de héros qui couraient à la mort pour défendre la patrie dans son dernier refuge, l'indigne général avait soin d'ajouter que Garibaldi était accompagné d'une femme enceinte de six mois, avec mille autres indices aussi délicats.

Le matin du 1er août, le féroce allemand, dans l'intention de s'opposer de nouveau aux mouvemens du guérillero, se dirigea vers Cesenatico et fit occuper Verucchio par ses troupes; mais il se trouvait en arrière d'une marche, et il dut bientôt renoncer à l'espoir d'empêcher l'embarquement.

Garibaldi, en effet, était arrivé à Cesenatico, avait fait prisonniers quelques autrichiens qui s'y trouvaient, et, se protégeant avec des barricades contre toute surprise, il avait eu le temps de faire préparer les barques et les vivres, et d'être en mer avant que les troupes à sa poursuite fussent rendues au point qui leur était assigné.

Plus de mille soldats ou officiers de la colonne dissoute étaient restés à Saint-Marin. Le départ subit du général avec un petit nombre d'hommes avait jeté la consternation parmi ceux qui auraient voulu partager avec lui toutes les vicissitudes de la retraite. Beaucoup, se lamentant de leur propre incurie dans cette malheureuse nuit, errèrent dans les montagnes à la recherche de Garibaldi, dédaignant de se soumettre à la volonté de l'ennemi. D'autres, comptant sur l'exécution du pacte proposé, osèrent espérer leur salut de la bonne foi autrichienne. Décidés à cesser toute hostilité, ils attendaient de savoir à qui consigner les armes, pour se diriger ensuite vers leurs foyers.

Relativement à ceux-ci, il est évident que le départ du général ne pouvait rien changer aux

conditions offertes par l'ennemi. Cependant, voici ce qui arriva.

Le matin même du 1er août parut à Saint-Marin un officier autrichien qui, au nom de l'archiduc Ernest, commandant les forces du blocus, intima au gouvernement l'ordre d'arrener à conclusion le traité proposé la veille aux garibaldiens. En cas de refus, la ville serait occupée militairement, tous les étrangers faits prisonniers, et la moindre tentative de résistance punie avec le plus extrême rigueur.

Le régent, auquel le plus grand nombre des soldats avaient déjà donné leur parole qu'ils exécuteraient la convention, assura l'envoyé de l'archiduc qu'à midi le territoire de la république serait libre du dernier garibaldien. A l'extrême surprise de tous, l'officier imposa alors le changement d'un article de la capitulation. Il était convenu que chaque soldat, après avoir consigné ses armes, recevrait un passeport régulier qui lui permettrait de rentrer dans ses foyers en toute sûreté; on proposait maintenant de délivrer des feuilles de route pour Rimini, où tous les licenciés iraient attendre les déterminations ultérieures du général Gorzgowski. Dureste, l'officier donna sa parole d'honneur que c'était là une simple mesure de précaution, et qu'il ne serait touché à personne un cheveu de la tête.

Sur ces assurances d'un homme qu'on croyait incapable de tendre un guet-à-pens, la consignation des armes fut opérée. Après les avoir reçues, le gouvernement de St-Marin vida généreusement la caisse publique pour donner aux anciens défenseurs de Rome une indemnité de voyage; et, à 11 heures du matin, environ 900 hommes, en petits détachemens, se dirigèrent vers Rimini.

On verra ce qu'il advint de ces malheureux, pour avoir eu l'imprudence de se fier à l'Autrichien.

Pour extrait: MANGIN.

(La suite à un prochain numéro.)

Nantes, Imp. de Neve Mangin.

613

JOSEPH GARIBALDI.

EXTRAITS D'UN OUVRAGE INÉDIT (*).

XXVIII.

Outre les carabiniers qui la gardent d'habitude, Cetona, ville forte et murée, avait pour garnison deux compagnies de ligne toscanes. Le chef de ces troupes, autant qu'on en peut juger, n'avait eu avis de l'approche des Garibaldiens que lorsque les explorateurs à cheval étaient déjà arrivés sous les murs de la cité. Chefs et soldats furent en toute hâte. Tels furent le désordre et la précipitation de ce départ, que Garibaldi en entrant put s'emparer de quelques cavaliers qui n'avaient pas eu le temps de se mettre en selle. Une heure plus tôt toute la garnison était prisonnière.

Une partie des centuries détachées à Todi arrivèrent à Cetona le 19. D'autres, par suite de la difficulté des lieux, et pour éviter les Autrichiens sortis à leur poursuite, ne furent rendues que dans la matinée du 20. Ce même jour avant midi, toute la colonne réunie marcha sur Foiano. Le 21, après avoir suivi des chemins de traverse et à peine praticables, elle entra dans Montepulciano.

Les troupes qui avaient fui si précipitamment de Cetona s'étaient ralliées à Chiusi. Là sur les instigations de l'évêque, et unies à quelques campagnards armés, elles semblèrent se préparer à fermer à Garibaldi le chemin de ce pays. Des fossés creusés, des barricades élevées, barrèrent tous les débouchés principaux.

Incertain sur le point de passage, et supposant, par la marche du noyau principal de Todi à Orvieto, que les Garibaldiens tenteraient de s'embarquer sur quelques bâtimens de guerre américains qui se montraient dans les eaux de San-Stefano, le général d'Aspre avait concentré un gros corps de troupes à Sienne. Le général Stadion qui les commandait avait pour instruction d'attendre que les mouvemens de Garibaldi se prononçassent plus clairement; mais il devait cependant se tenir en mesure de couper à la colonne toute communication avec la Méditerranée. De plus, le duc Ernest, expédié de Florence avec 3,000 hommes, à la recherche de Garibaldi, campait déjà dans les environs de Montepulciano et se trouvait en position d'attaquer.

Tous ces mouvemens étaient dus à des communications confidentielles faites au général d'Aspre par des agens diplomatiques. M. Cass, représentant des Etats-Unis d'Amérique à Rome, avait plusieurs fois offert à Garibaldi de le protéger ainsi que les siens (1). Le commandant autrichien fut instruit de ces faits, et de la sa vigilance excessive.

Au reste, c'était à qui poursuivrait et accablerait cette malheureuse colonne en retraite. Plus d'une fois, dans ses mouvemens successifs, des bandes armées de fermiers, conduites par des prêtres et des moines, se montrèrent sur les sommités de l'Apennin pour

(1) Les propositions faites d'abord à Rome furent renouvelées pendant la retraite. Le ministre américain parlait cette fois explicitement de mettre à la disposition des Garibaldiens des bâtimens de guerre qui louvoyaient dans le canal de Piombino. Seulement et par suite de circonstances particulières la lettre de M. Cass ne put être remise à Garibaldi qu'à son arrivée dans les Etats sardes.

assaillir ceux des Garibaldiens qui restaient en arrière ou se perdaient dans les chemins difficiles. Quand ils ne pouvaient mieux faire, ces fanatiques servaient d'explorateurs à l'étranger.

Malgré tant d'avantages, les Autrichiens n'osèrent jamais offrir la bataille ou plutôt ils ne voulaient l'engager, en ménageant leurs propres forces, qu'avec les troupes toscanes. Mais celles-ci se trouvaient placées dans la dure alternative ou de se battre contre les Italiens qui avaient été leurs compagnons d'armes dans la Lombardie, ou de refuser le combat.

Garibaldi choisit toujours ce dernier parti, et il en sortit avec gloire. De rapides marches et contremarches presque toujours de nuit; la division du corps en détachemens par plusieurs directions; des concentrations inattendues, des évolutions continuelles; des stratagèmes inouis, lui permirent d'éviter une lutte fratricide, tout en se rapprochant sans cesse du but. Les hommes de guerre qui ont étudié dans leurs détails ces combinaisons et ces mille ruses déclarent unanimement qu'elles accusent l'expérience d'un général consommé.

Mais que peuvent l'habileté et le courage, lorsqu'on a tout contre soi et que les adversaires ont tout pour eux ?

XXIX.

Pour reconnaître les positions de l'ennemi, et couvrir mieux ses desseins, Garibaldi envoya de Cetona un escadron dans les environs de Sienne. Le triste commandant de cette troupe, manquant peut-être du courage nécessaire à l'entreprise, campa à six milles de la cité. « Il traita ensuite avec l'étranger du prix des chevaux, et se sauva par mer en Amérique. — Infamie éternelle au traître! » (2)

(2) E. Ruggeri, Della ritirato di Garibaldi da Roma; p. 52.

Les légions étaient arrivées à Foiano. Dans l'insuffisance de vivres, le général, qui ignorait les préparatifs faits à Chiusi par les fuyards de Cetona, envoya pour s'approvisionner un détachement à cheval. Arrivés près de la ville, les cavaliers tombèrent dans une embuscade. Deux hommes furent pris, retenus prisonniers et remis à l'évêque. Garibaldi les réclama, mais en vain. Alors, pour garantir leur vie, il crut devoir s'emparer de quelques moines dans un couvent voisin, et ordonna à ces prisonniers de suivre la colonne.

Mais ce même clergé qui, dans les journaux ultramontains, accusait Garibaldi de se nourrir de la chair de ses ennemis, savait bien qu'il n'avait que générosité à attendre du champion de l'Italie. L'acte de représailles du guerillero effraya si peu l'évêque de Chiusi qu'il fit subir aux deux soldats les plus vis traitemens, et les livra ensuite aux Aulrichiens. Plus d'un chef d'armée n'aurait pas hésité à tirer de ce fait une vengeance exemplaire. Que fit Garibaldi? Après les avoir retenus prisonniers pendant trois jours, il rendit tous les frères à la liberté! Voilà la conduite atroce de cet abominable chef de horde.

Parvenu à Montepulciano, Garibaldi, par une proclamation pleine de sentimens énergiques et généreux, appela le peuple toscan à chasser l'étranger et à secouer une seconde fois le joug cruel du grand duc. Offrant ensuite les légions en aide, il se mit en route pour Florence, désignée comme centre du mouvement insurrectionnel.

L'ivresse du peuple à l'arrivée de Garibaldi à Montepulciano avait été telle, qu'un vice-préteur de cette ville, désigné parmi les satellites les plus actifs et les plus féroces de la réaction, courut péril de la vie. Il ne fallut rien moins que l'autorité du général et le concours de patrouilles armées pour le soustraire à la fureur de ses victimes. On dut le garder pendant tout le jour, et ensuite le mener dans les marches successives, au milieu de soldats choisis pour sa défense. Lorsque le vice-préteur se trouva hors de danger, il fut remis en liberté.

La colonne se dirigea sur Castiglione-Fiorentino, et de là, le 23, vers Arezzo. Les autorités de toutes les bourgades qu'elle traversa n'hésitèrent point à donner leur adhésion à la proclamation de Montepulciano. Des citoyens honorables de toute condition sortaient au devant des légions, les félicitaient de leur arrivée et les accueillaient avec la sympathie la plus manifeste. Un peuple nombreux accourait sur la route voisine des bourgades, et faisant retentir l'air des cris: Vive Garibaldi! vive l'Italie! ouvrait tout son cœur aux perspectives flatteuses d'un prochain avenir. Partout on se hâtait, on disputait d'émulation pour préparer les vivres et les fourrages, pour pourvoir les soldats de linge et de souliers. Des rafraichissemens de toute espèce, des paroles d'encouragement aux faibles, des offres de repos aux accablés, des lueurs d'espérances à tous, ces braves gens n'oubliaient rien de ce qui pouvait raffermir les courages et maintenir les résolutions.

Tout cela se passait sous les yeux des Autrichiens aux ordres de l'archiduc Ernest. Celui-ci, n'osant se hasarder à attaquer ouvertement les Garibaldiens, marchait de près sur leurs traces, se mettant peu à peu en mesure de ramener les habitans à l'obéissance par les moyens habituels de répression, et faisant tous ses efforts pour raffermir l'autorité vacillante du grand-duc.

Pour extrait: MANGIN.

(*La suite à un prochain numéro.*)

(*) La reproduction et la traduction sont formellement interdites. — Voir nos numéros des 9, 15, 17, 22, 24, 28 juin, 1er 6, 8, 13, 15, 20, 25 et 27 juillet.

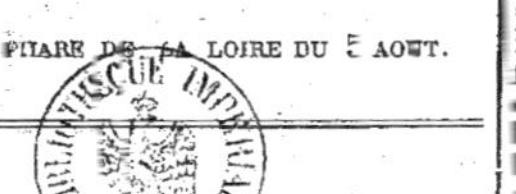

JOSEPH GARIBALDI.

EXTRAITS D'UN OUVRAGE INÉDIT (*).

XXX.

Le 23 juillet, à 10 heures du soir, la colonne de Garibaldi arriva inopinément sous les murs d'Arezzo. Le général se présenta le premier à la porte, et tressaillit en voyant les gardes mêlées d'Autrichiens et d'Italiens lui fermer le passage. Un prétendu délégué de la cité, mais en effet satellite de Guacagnoli, balbutia, « avec une couardise mal dissimulée » que la ville ne voulait point se compromettre avec l'Autriche, en accueillant dans ses murs Garibaldi et ses soldats. Il ajouta que si la colonne voulait camper aux environs, on s'empresserait de lui envoyer des vivres et tout ce dont elle pourrait avoir besoin.

Il eût été facile à Garibaldi de forcer le passage ; mais pour ne pas accepter devant la postérité la responsabilité d'un combat contre des Italiens, même guidés par l'étranger, il ordonna aux légions de camper sur une émi-

(*) La reproduction et la traduction sont formellement interdites. — Voir nos numéros des 9, 15, 17, 22, 24, 28 juin, 1er 6, 8, 13, 15, 20, 22 27, et 30 juillet.

nence qui domine la cité.

Le départ subit de Montepulciano avait fait perdre la trace de Garibaldi à l'archiduc Ernest. Lorsque ses mouvemens et ses intentions furent connus à Florence, la surveillance redoubla. En même temps on envoyait en toute hâte au général Stadion l'ordre de laisser les environs de Sienne, pour accourir au secours de la capitale.

Stadion, muni d'artillerie et d'une nombreuse cavalerie, marcha à grandes journées vers Arezzo, à la rencontre de la colonne. Dans l'après-midi du 24, il mettait en fuite les postes avancés. Les Garibaldiens levèrent le camp, abandonnant le voisinage d'Arezzo, et franchissant les hauteurs d'alentours, le gros des légions se trouvait le soir du même jour sur la route qui conduit aux Romagnes.

Sur la crête d'un mont élevé et dominant parmi ceux qui sont assis tout autour, s'élève Citerna, petit bourg dans la province d'Arezzo.

Garibaldi, en homme expérimenté, vit du premier coup-d'œil les avantages qu'il pouvait retirer de ce petit poste s'il s'en emparait avant l'ennemi. En conséquence, le 25 juillet vers la moitié du jour, il fit occuper Citerna par quelques centuries, pendant que lui-même, pour la commodité des vivres et des fourrages, restait à bivouaquer près de deux couvens voisins.

Les Autrichiens, qui occupaient déjà tout le pays d'alentour, s'emparèrent de Monterchi, le 26. En même temps ceux des ennemis qui avaient laissé le camp de Sienne, entrant à leur tour, le 26, d'abord à Anghiari, puis à Borgo San-Sepolcro, bourg distans de Citerna de deux heures au plus, se disposèrent à restreindre de tous côtés aux Garibaldiens le cercle dans lequel ils espéraient les prendre.

Vers le midi du 26, lorsqu'on devait supposer avec toute probabilité que le corps plus frais en possession de Monterchi pouvait commencer l'attaque et occuper la seule voie de salut qui restât encore ouverte, Garibaldi dirigea quelques centuries pour une démonstration dans ce bourg, et tenant toujours, quoique avec peu de monde, le poste de Citerna, il combina les mouvemens du reste des troupes de manière à faire croire qu'il voulait passer dans l'intervalle qui existe entre Monterchi et San-Sepolcro, afin d'échapper aux ennemis par la route de Città-di-Castello.

Il attendit que l'ennemi déployât ses troupes, et quand il entendit battre l'alarme tout autour dans les logemens des divers corps ennemis, il commença, avec l'extrême arrière-garde, à défiler silencieusement vers Santa-Giustina.

Bien que fait en présence de tant d'obstacles, le mouvement, favorisé par les sinuosités du terrain, réussit complètement.

Les ennemis restèrent dans l'erreur presque jusqu'au soir. Ils ne s'en aperçurent que lorsqu'il n'était plus temps de la réparer.

Les légions avaient ainsi échappé aux Autrichiens au moment même où ceux-ci croyaient les tenir, et Garibaldi, grâce à une admirable manœuvre, laissant tous les ennemis en arrière, était en mesure de gagner, sans bataille, les sommets de l'Apennin avec son corps presque intact.

À l'aube du 27, les légions arrivèrent à Santa-Giustina. Le camp fut colloqué sur une hauteur adossée à la chaîne de l'Apennin et placé à cheval sur la grande route qui traverse les pics les plus élevés et même aux Légations.

Prévoyant ce qui était arrivé, c'est-à-dire qu'il serait contraint d'errer par des montagnes désertes, Garibaldi, après la tentative avortée de Toscane, avait fait provision de bœufs dans les pays où il avait passé. L'évènement vint bientôt prouver toute l'importance de cette précaution. Dans les conditions où se trouvait la colonne, sans cesse poursuivie et traquée par un ennemi dix fois supérieur en nombre, les vivres ordinaires manquèrent souvent ; mais la facilité qu'on avait de conduire avec soi de la viande sur pied fit que le bœuf se trouva toujours en abondance. Il suppléa à toute autre nourriture, et tint lieu même de pain. Enfilées dans les bayonnettes et rôties au feu du bivouac, ces rations de nouvelle espèce furent, durant un grand nombre de jours, le seul aliment du soldat. Il y eut bien d'abord quelques plaintes sur l'absence de sel ; mais quand on vit le général et la délicate Annita elle-même préférer, ou feindre, pour l'exemple, de préférer cette nourriture à toute autre, personne plus ne voulut convenir qu'en effet elle ne fût pas préférable.

Laissant Santa Giustina le jour même où il y était arrivé, et parcourant la grand'route sans être aucunement molesté par l'ennemi, Garibaldi atteignit bientôt la cime extrême de l'Apennin; c'est là qu'il devait passer la nuit. Quoiqu'on fût en juillet, un vent rude soufflait sur ces sommets escarpés, où ne se montrait aucun signe de végétation, où ne s'apercevait aucun toit ou abri qui indiquât la présence d'un être vivant. Du sommet d'un rocher s'élevant comme une tour parmi les plus hautes cimes, la vue embrassait d'un côté l'Adriatique, de l'autre la Méditerranée, et tout autour l'œil se perdait dans un horizon sans bornes. On était arrivé mourant de fatigue et de soif, et c'eût en vain qu'on aurait cherché dans ce lieu désolé la moindre source, le moindre filet d'eau ! Aussi, de toutes les souffrances de la retraite, il n'y en eut peut-être pas de comparables à celles de cette nuit.

Dans la journée du 28, Garibaldi prit pour but de sa marche Sant'Angelo in Vado. En traversant les montagnes de l'Apennin, il avait de nouveau franchi la frontière et était entré dans la Romagne. Au delà de Sant'Angelo, sur le penchant d'une colline, les soldats crurent pouvoir enfin goûter un peu de repos ; mais la nuit à peine venue, les Autrichiens, survinrent, molestèrent les postes avancés, et jettèrent l'alarme dans le camp.

On sut pourtant que de tous les ennemis qui occupaient les environs de Citerna, la seule brigade de l'archiduc avait été détachée à la poursuite de la colonne. Cette brigade, au petit jour, prit position en ordre de bataille, mais dans l'attitude expectante. Placée derrière un torrent qui courait obliquement au camp des Garibaldiens, elle appuyait sa gauche à une haute montagne au sommet de laquelle se trouvait un couvent, occupé et retranché en toute hâte.

De pareilles dispositions accusaient la faiblesse de l'ennemi. Elles indiquaient clairement que l'archiduc n'ayant aucun espoir d'être soutenu par les autres corps restés, on ne sait pourquoi, en Toscane, et dont il était séparé par la grande chaîne de l'Apennin, voulait se tenir sur la défensive. Garibaldi aurait pu faire payer cher à l'Autrichien sa poursuite incessante et les souffrances qu'il faisait endurer à la colonne; mais il avait peu de munitions, et les momens étaient précieux. Il recourut donc encore au stratagème.

Pour extrait : MANGIN.

(La suite à un prochain numéro.)

PARTIE LITTÉRAIRE
DU PHARE DE LA LOIRE DU 2? AOUT.

JOSEPH GARIBALDI.

EXTRAITS D'UN OUVRAGE INÉDIT (*).

XXXV.

Treize barques de pêcheurs de Chioggia, de celles qu'on nomme *bragozzi*, recueillirent Garibaldi et ceux qui le suivaient, dans le port de Cesenatico. Le matin du 2 août, la petite flotille leva l'ancre et cingla dans la direction de Venise. Les hardis navigateurs étaient pleins d'espérance. Ils se croyaient au moment de toucher enfin le but si contesté, et pour lequel ils ne s'étaient arrêtés devant aucun péril, devant aucune fatigue.

Un vent frais de sirocco poussait en droite ligne les proues bien dirigées; et toute cette journée se passa sous un ciel ravissant de sérénité, dans les plus généreux projets, dans les plus chères illusions. Les barques de la flotille étaient commandées par les volontaires les plus fidèles et les plus dévoués de la légion d'Amérique, qui, après avoir guerroyé avec Garibaldi sur terre et sur mer sans vouloir jamais se séparer de lui, avaient, en très petit nombre, survécu aux combats d'Italie.

Les marins-pêcheurs, quoique experts à manier leurs barques dans des eaux connues, tremblaient de devenir la proie des navires autrichiens. Le bon succès de l'expédition aurait donc rendu nécessaire la présence d'hommes en qui l'intérêt du salut commun se fût lié au projet de ne laisser intenté aucun effort pour

____

(*) La reproduction et la traduction sont formellement interdites. — Voir nos numéros des 9, 15, 17, 22, 24, 28 juin, 1er, 6, 8, 13, 15, 20, 23, 27, 30 juillet, 3, 15 et 19 août.

toucher le rivage; mais les quelques braves capables de gouverner ne suffisaient point. Force fut donc de recourir aux pêcheurs et de se fier à la fortune.

Vers le soir le vent tourna soudain du côté opposé, et souffla plus que jamais menaçant et fort.

Les barques de Garibaldi allaient remonter l'extrémité méridionale du golfe de Venise, dite a *Punta di Maestra*, et quoique le soleil eût déjà disparu, on voyait de loin la grande reine de l'Adriatique, but de tant de désirs, lorsque le capitaine qui portait à bord le général, signala vers les bouches du Pô des navires de guerre qui s'avançaient et qu'on ne tarda point à reconnaître pour autrichiens.

C'était la division légère destinée au blocus des lagunes du côté de Brondolo. Elle avait découvert la flotille de Garibaldi et s'était aussitôt mise à sa poursuite. Le brick l'*Oreste*, deux bâtimens légers et un pyroscaphe composaient les forces ennemies, placées sous le commandement du capitaine de frégate Scopinich, féroce esclavon, bien connu des marins pour sa cruauté. Scopinich fit mettre en mer le chaloupes armées; et celles-ci largement pourvues d'hommes et d'artillerie, se disposa sans retard à entourer les Garibaldiens.

Les barques néanmoins ne se détournèrent pas de leur chemin. Obligé de faire voile avec un vent contraire et une mer excessivement agitée, Garibaldi, quand il découvrit les Autrichiens, avait les proues tournées en dehors, et dans son calcul, il courait la dernière bordée pour gagner la *Punta di Maestra*. Cette pointe dépassée, il se serait trouvé, après un court et libre chemin, sous la protection des bâtimens vénitiens, qui stationnaient dans ces parages pour la protection des rivages bloqués.

Les marins-pêcheurs travaillaient avec une ardeur extraordinaire, jugeant qu'avec une telle direction on voulait fuir la chasse des en-

nemis en cherchant terre vers la côte istrienne. Mais lorsque le moment parut opportun au général de profiter de la dispersion que l'ennemi n'avait pu éviter en le suivant, il fit signe de virer de bord. Son projet était de passer dans les intervalles des vaisseaux ennemis, et d'opérer de cette manière le salut de tous ses compagnons.

Ce fut à contre-cœur que, se voyant exposés aux navires de guerre, les propriétaires des barques firent la manœuvre commandée. Ils la firent pourtant, mais, après cette courte bordée, la crainte leur ayant fait perdre l'ordonnance, ils arrivèrent sous la division ennemie, et une artillerie furieuse commençant à tirer, quelques-uns d'eux vacilèrent, pour s'abandonner bientôt à une fuite désespérée. Ce funeste exemple entraîna le désordre et la ruine des autres barques, qui bientôt imitèrent la première. Sans cette malencontreuse fuite, elles seraient peut-être parvenues au but avec peu de dommage, ou du moins elles auraient pu gagner les bouches du Pô ou de l'Adige, et une fois là, en ayant soin de se placer sur les bancs de sable, elles se seraient mesurées avec avantage contre les chaloupes, les seuls bâtimens de la division ennemie qui eussent pu s'aventurer aussi loin.

Canonnés par la puissante artillerie du brick l'*Oreste* et des autres vaisseaux qui le foudroyaient à demi tir, insouciant de tout danger pour lui-même et n'ayant d'autre préoccupation que de sauver ses braves compagnons d'armes, Garibaldi ne cessait d'exhorter par ses gestes et par ses cris les bateliers couards à le suivre. Il s'épuisait en efforts pour les remettre en ordonnance, il leur *faisait honte* de leur fuite; il leur représentait que le but était proche; il leur offrait d'avance toutes les compensations qu'ils voudraient stipuler; rien ne put les décider à montrer un peu de cœur.

Cependant, une péniche s'étant mise à la poursuite des barques dispersées, parvint à

en séparer six du gros de la flotille, et précisément celles qui étaient en voie de gagner le large. Deux chaloupes armées suivirent les autres, qui, par la violence de la canonnade ou par le temps perdu à vouloir rallier les fugitifs, afin de marcher de conserve, se trouvèrent contraintes de chercher leur salut dans la fuite.

La *bragozze* où était le général et quatre barques commandées par des officiers intelligens, parvinrent, par d'habiles manœuvres, à prendre terre sur la plage dite de la Mesola. Les huit autres, après d'inutiles tentatives de fuite, furent mises dans une position dangereuse par les bâtimens autrichiens. La faiblesse de leurs moyens d'attaque et l'obstination des mariniers, qui préféraient une prompte reddition aux chances d'une défense désespérée, ayant enlevé à ceux qui la montaient toute pensée de résistance, il se rendirent. Les légionnaires désarmés furent répartis sur différens navires de la division; et au milieu des menaces de mort et de stupides sarcasmes de Scopinich, on les conduisit enchaînés au fort de Pola.

XXXVI.

Les cinq barques qui avaient, le matin du 3 août, gagné la plage de la Mesola, dans les parages de Bagnacavallo, contenaient les restes les plus précieux des légions. Outre Garibaldi et sa chère Annita, ces barques portaient l'état-major, Cicerracchio et ses deux fils, le père Ugo Bassi, et plusieurs officiers et soldats extrêmement valeureux et des plus dévoués à la cause de l'Italie.

Descendus à terre, la plupart jugèrent qu'en aussi petit nombre, on ne pouvait plus penser à opposer une résistance quelconque aux ennemis, et chacun songea à chercher son salut comme il pourrait. Le général avec sa femme et un officier de confiance, après un court repos dans une maison de campagnards, chan-

gèrent de vêtemens, entrèrent dans un bois voisin et se dirigèrent vers Ravenne.

Mais la malheureuse Annita avait trop souffert dans les épreuves désespérées par terre et par mer, privée souvent de nourriture et de sommeil, pour endurer plus longtemps la vie dans une telle situation. Le rare amour qu'elle avait pour son mari, son dévouement pour la cause des peuples, encore plus rare chez une femme, l'avaient soutenue jusque-là et rendue presque insensible aux douleurs, aux souffrance inhérentes à son état particulier; mais le sort incertain de tant de compagnons dont elle avait partagé les périls et la gloire, la perspective d'un avenir malheureux pour son mari, pour ses enfans, avaient abattu sa vigueur, éteint ses forces, et elle se trouvait presque réduite à l'extrémité.

Les trois fugitifs errèrent pendant deux jours de bois en bois, dans l'intention de chercher un refuge à Ravenne. Les paysans les aidaient à se cacher et, quelquefois, ce qui semble incroyable, les gardes de finance et de police des environs leur offraient courtoisement assistance, si même ils ne leur faisaient escorte. Tout ces secours n'étaient pas de trop; car les Autrichiens ayant appris la déroute et le débarquement des Garibaldiens, parcouraient la campagne dans toute les directions pour leur donner la chasse, comme ils auraient fait à des bêtes fauves.

Le troisième jour, les fugitifs, toujours préoccupés d'échapper aux regards de l'ennemi, avaient à peine repris leur douloureux voyage, lorsqu'Annita fit signe d'arrêter, et peu s'en fallut qu'elle tombât de défaillance, tant ses forces étaient à bout.

Garibaldi et son compagnon se hâtèrent de la soutenir, et de la transporter dans une campagne voisine où ils espéraient trouver quelques alimens, et un moyen de la conduire en lieu de sûreté. Mais, arrivés là, ils apprirent par des mariniers que les Autrichiens étaient à leur recherche et tout près. Il fallut donc s'éloigner au plus tôt. Heureusement, un noble cœur fournit un phaéton, avec lequel la fuite put être poursuivie pendant plusieurs heures.

Vers le soir, les trois fugitifs étaient arrivés près d'une fromagerie, peu distante de Raverne, et propriété du marquis Guiccioli (1), quand la malheureuse Annita s'évanouit. Il fallut donc s'arrêter. On s'arrêta sur le champ, et on alla demander asile et secours au lieu le plus voisin.

« Garibaldi prit dans ses bras le précieux fardeau, porta la malade sur un petit lit pieusement offert par ces bons campagnards, auxquels les nobles sentimens d'humanité firent oublier les féroces menaces du proconsule autrichien; et après avoir, comme le Rédempteur sur le calvaire, demandé une boisson, dont le mari lui-même voulut rafraîchir ses lèvres brûlantes, elle expira, victime de l'affection conjugale, et d'un zèle inouï pour la cause des peuples.

« Puisse l'Italie élever à une telle femme un monument qui en rende le souvenir éternel !

« La douleur de cette perte inattendue arrêta en Garibaldi tout mouvement, et s'il ne versa pas une larme sur la dépouille éteinte de l'épouse, ce fut parceque, endurci dans le malheur, il avait, par un long exil, par les maux qui accablaient sa chère patrie, vu tarir la source des pleurs : cependant la pâleur qui a couvert son visage, depuis cette catastrophe, reste un témoin ineffaçable de la douleur soufferte.

« La pensée de pouvoir se mettre à l'abri des recherches des Autrichiens—que peut être son génie lui inspira pour le réserver à des gloires plus grandes—et la crainte de compromettre les bons campagnards, qui, s'il avait été surpris chez eux par les Autrichiens, auraient sans aucun doute payé chèrement l'hospitalité offerte, décidèrent Garibaldi à partir, sans plus de retard, après avoir, avec l'aide de son compagnon, donné une humble sépulture dans un champ voisin au cadavre de la morte (2). »

(1) Ex-membre de la commission des finances du gouvernement de la République romaine.
(2) E. Ruggeri, Dell'arditata di Garibaldi da Roma.

Nous avons voulu traduire à la lettre le plus douloureux épisode de la vie de Garibaldi, non seulement pour laisser autant que possible à la narration son cachet original, mais encore pour mieux faire ressortir avec qu'elle légèreté s'écrivent en France la plupart des biographies. Lorsque le nom du guérillero commença de nouveau à occuper le monde, l'un de nos écrivains, on ne sait sur quel renseignement, trouva bon de faire mourir la malheureuse Annita par la main des Autrichiens. Les documens étaient nombreux qui pouvaient rectifier cette erreur, et le fait valait la peine qu'on l'éclaircît ; mais les auteurs venus à la suite ont trouvé plus simple de copier le premier. Et comme la guerre d'Italie a répandu leurs écrits à des millions d'exemplaires, c'est chez nous aujourd'hui une idée généralement reçue que les Autrichiens ont tué Annita. Les Autrichiens ont à se reprocher assez de crimes réels, on devrait bien ne pas leur en imputer d'imaginaires !

La pitié et le respect des pauvres campagnards qui avaient prêté un asile à la mourante Annita, les avaient conduits à promettre de tenir son tombeau ignoré jusqu'à des jours meilleurs. C'était le désir de l'infortuné mari, et il y allait aussi de leur repos, quoique ce point ne les eût nullement préoccupés. Malheureusement l'instinct du chien favori de la morte rendit vaines toutes les précautions. La pauvre bête, cherchant après sa maîtresse, gratta tant et tant la terre où elle était inhumée, que l'attention fut éveillée et le mystère découvert. Pour l'Autrichien, les haines ne s'éteignent point devant une tombe. Les pieuses gens qui avaient accompli un acte d'humanité, payèrent de la prison le crime d'avoir accueilli des rebelles (3). »

Pour extrait : MANGIN.

(La suite à un prochain numéro.)

(3) Chambors journal.

LES
ÉTRANGLEURS DE PARIS

ROMAN EN QUATRE PARTIES

PAR

MM. Constant GUÉROULT et Paul de COUDER

QUATRIÈME PARTIE

L'EXPIATION

CHAPITRE XXV.

AU BORD DE LA TOMBE

(Suite.)

— Et comment vous y prendrez-vous?
— Mlle de Prie suppliera elle-même son cousin, comme de son propre mouvement, de lui ménager une entrevue avec la fille de Gérold Savonarola.

Le lendemain de l'arrivée du docteur Savarus à Ker'ouet, deux lettres partaient du couvent des sœurs de Sainte-Claire : l'une adressée à M. de Bervilly par sa cousine, l'autre écrite à Gérold Savonarola, par Laura.

« Mon cousin, disait Mlle de Prie, j'ai vu une seule fois à Paris celle que, plus tard, vous m'avez préférée, et je me suis sentie entraînée vers elle par une irrésistible sympathie. Aujourd'hui, elle est malheureuse, plus malheureuse que moi, qui ai trouvé de consolations suprêmes au pied des autels. Pourquoi avez vous refusé de me transmettre le vœu d'une mourante ? Que craignez vous ? Je suis forte aujourd'hui pour supporter la vue de cette infortunée. La souffrance réunit celles que le bonheur eût séparées. Je serai demain à

Ker'ouet. Prenez toutes vos dispositions pour que cette entrevue ait lieu sans que notre famille en soit instruite. Le secret de ces grandes douleurs doit être respecté ! »

Cette lettre plongea dans l'étonnement M. de Bervilly. Il se rendit à la hâte à la maison d'Yvonne, pour savoir de Régina elle-même si elle avait écrit à Mlle de Prie.

Le matin, Régina avait reçu un billet sans signature, où on lui disait :

« Jules de Bervilly n'a pas encore eu le courage de faire connaître à Mlle de Prie le désir que vous avez manifesté de la voir; mais elle a appris vos souffrances ; elle sait que vous êtes cachée près de Ker'ouet, et elle va demander elle même à M. de Bervilly qu'il la conduise auprès de vous.

« Il est indispensable qu'il suppose que vous avez écrit vous-même au couvent des sœurs de Sainte-Claire. »

Malgré les soins qu'on lui prodiguait, Régina se sentait s'en aller de jour en jour, d'heure en heure. Une flamme intérieure la consumait peu à peu ; mais, à mesure que ses forces s'affaiblisaient, sa pensée devenait plus nette, plus active, plus ardente. Quoiqu'elle eût cessé d'en parler à Jules de Bervilly, l'idée de voir Mlle de Prie ne l'avait pas quittée.

Aussi ce billet la remplit-il de joie, et quand le vicomte parut, impatiente de savoir si son vœu allait enfin se réaliser, elle lui dit :

— J'ai écrit hier à votre cousine... Jules, pardonnez-moi, mais j'ai un devoir à remplir envers Mlle de Prie avant de mourir.

— Ah! c'est vous qui lui avez écrit, fit-il, pourquoi m'avoir caché cela?

— Je ne vous le cache pas, mon ami, puisque je vous en parle la première.

— Eh bien, oui, Louise veut vous voir ; elle viendra demain à Ker'ouet.

La lettre de Laura à Gérold était ainsi conçue :

« Le docteur Savarus est-ici.

« Ce matin, il est venu au couvent demander à parler à Mlle de Prie.

« Vous savez que je suis parvenue déjà à gagner sa confiance. J'étais auprès d'elle quand on l'a priée de descendre au parloir.

« Je l'ai suivie, pensant que c'était quelqu'un de Ker'ouet qui la demandait; peut-être M. de Bervilly, qui n'a pas encore paru ici, quoique vous en dit Brisbille, je ne sais dans quel but.

« Jugez de ma surprise, quand j'ai aperçu le docteur Savarus.

« Je n'ai eu que le temps de me retirer à la hâte ; car si cet homme m'avait reconnu, tout était perdu.

« Déjà son regard s'était fixé sur moi, un regard qui donne le frisson. Mais je suis sûre maintenant qu'il ne m'a pas devinée sous mon costume ; car Mlle de Prie, auprès de laquelle je me suis rendue, aussitôt après son départ, m'a accueillie comme d'habitude avec la même bienveillance.

« Je me hâte de vous instruire de ce singulier incident. Si, avant le départ de ma lettre, il se présentait quelque fait nouveau, je vous le marquerais.

« Je rouvre ce billet. Mlle de Prie vient de m'apprendre qu'elle avait sollicité et obtenu auprès de la supérieure l'autorisation de passer deux jours à Ker'ouet. Son intention est de partir demain dans la matinée.

« Vous verrez si ce n'est pas là l'occasion que nous attendons depuis si longtemps; car, ici, il faut renoncer à toute espèce de tentative : la maison est trop bien gardée pour y essayer un enlèvement. »

Quand Gérold reçut ce billet, il ne put retenir une horrible imprécation.

— Encore cet homme ! s'écria-t-il, toujours lui!... mais c'est un démon !

— De qui parlez-vous? fit Brisbille, qui était à cent lieues de songer au docteur.

www.ingramcontent.com/pod-product-compliance
Ingram Content Group UK Ltd.
Pitfield, Milton Keynes, MK11 3LW, UK
UKHW020136080726
13614UKWH00005B/2255